U0079246

日語 E-mail

照抄大全集

50音基本發音表

清音

a ㄚ		i 一		u ㄨ		e ㄝ		o ㄡ	
あ	ア	い	イ	う	ウ	え	エ	お	オ
ka ㄎㄚ		ki ㄎ一		ku ㄎㄨ		ke ㄎㄝ		ko ㄎㄡ	
か	カ	き	キ	く	ク	け	ケ	こ	コ
sa ㄙㄚ		shi ㄒ一		su ㄙㄨ		se ㄙㄝ		so ㄙㄡ	
さ	サ	し	シ	す	ス	せ	セ	そ	ソ
ta ㄊㄚ		chi ㄑ一		tsu ㄘㄨ		te ㄊㄝ		to ㄊㄡ	
た	タ	ち	チ	つ	ツ	て	テ	と	ト
na ㄋㄚ		ni ㄋ一		nu ㄋㄨ		ne ㄋㄝ		no ㄋㄡ	
な	ナ	に	ニ	ぬ	ヌ	ね	ネ	の	ノ
ha ㄏㄚ		hi ㄏ一		fu ㄈㄨ		he ㄏㄝ		ho ㄏㄡ	
は	ハ	ひ	ヒ	ふ	フ	へ	ヘ	ほ	ホ
ma ㄇㄚ		mi ㄇ一		mu ㄇㄨ		me ㄇㄝ		mo ㄇㄡ	
ま	マ	み	ミ	む	ム	め	メ	も	モ
ya 一ㄚ				yu 一ㄩ				yo 一ㄡ	
や	ヤ			ゆ	ユ			よ	ヨ
ra ㄌㄚ		ri ㄌ一		ru ㄌㄨ		re ㄌㄝ		ro ㄌㄡ	
ら	ラ	り	リ	る	ル	れ	レ	ろ	ロ
wa ㄨㄚ				o ㄡ				n ㄣ	
わ	ワ			を	ヲ			ん	ン

濁音

ga ㄍㄚ		gi ㄍ一		gu ㄍㄨ		ge ㄍㄝ		go ㄍㄡ	
が	ガ	ぎ	ギ	ぐ	グ	げ	ゲ	ご	ゴ
za ㄗㄚ		ji ㄐ一		zu ㄗ		ze ㄗㄝ		zo ㄗㄡ	
ざ	ザ	じ	ジ	ず	ズ	ぜ	ゼ	ぞ	ゾ
da ㄉㄚ		ji ㄐ一		zu ㄗ		de ㄉㄝ		do ㄉㄡ	
だ	ダ	ぢ	ヂ	づ	ヅ	で	デ	ど	ド
ba ㄅㄚ		bi ㄅ一		bu ㄅㄨ		be ㄅㄟ		bo ㄅㄡ	
ば	バ	び	ビ	ぶ	ブ	べ	ベ	ぼ	ボ
pa ㄆㄚ		pi ㄆ一		pu ㄆㄨ		pe ㄆㄝ		po ㄆㄡ	
ぱ	パ	ぴ	ピ	ぷ	プ	ぺ	ペ	ぽ	ポ

拗音

kya ㄎㄧㄚ		kyu ㄎㄧㄩ		kyo ㄎㄧㄡ	
きゃ	キャ	きゅ	キュ	きょ	キョ
sha ㄒㄧㄚ		shu ㄒㄧㄩ		sho ㄒㄧㄡ	
しゃ	シャ	しゅ	シュ	しょ	ショ
cha ㄑㄧㄚ		chu ㄑㄧㄩ		cho ㄑㄧㄡ	
ちゃ	チャ	ちゅ	チュ	ちょ	チョ
nya ㄋㄧㄚ		nyu ㄋㄧㄩ		nyo ㄋㄧㄡ	
にゃ	ニャ	にゅ	ニュ	にょ	ニョ
hya ㄏㄧㄚ		hyu ㄏㄧㄩ		hyo ㄏㄧㄡ	
ひゃ	ヒャ	ひゅ	ヒュ	ひょ	ヒョ
mya ㄇㄧㄚ		myu ㄇㄧㄩ		myo ㄇㄧㄡ	
みゃ	ミャ	みゅ	ミュ	みょ	ミョ
rya ㄌㄧㄚ		ryu ㄌㄧㄩ		ryo ㄌㄧㄡ	
りゃ	リャ	りゅ	リュ	りょ	リョ

gya ㄍㄧㄚ		gyu ㄍㄧㄩ		gyo ㄍㄧㄡ	
ぎゃ	ギャ	ぎゅ	ギュ	ぎょ	ギョ
ja ㄐㄧㄚ		ju ㄐㄧㄩ		jo ㄐㄧㄡ	
じゃ	ジャ	じゅ	ジュ	じょ	ジョ
ja ㄐㄧㄚ		ju ㄐㄧㄩ		jo ㄐㄧㄡ	
ぢゃ	ヂャ	づゅ	ヂュ	ぢょ	ヂョ
bya ㄅㄧㄚ		byu ㄅㄧㄩ		byo ㄅㄧㄡ	
びゃ	ビャ	びゅ	ビュ	びょ	ビョ
pya ㄆㄧㄚ		pyu ㄆㄧㄩ		pyo ㄆㄧㄡ	
ぴゃ	ピャ	ぴゅ	ピュ	ぴょ	ピョ

● | 平假名 | 片假名 |

E-mail的基本形式

E-mail常用句

問候、告知、介紹E-mail範例集

拍賣、購物E-mail範例集

致謝E-mail範例集

請求、要求E-mail範例集

答應、接受E-mail範例集

婉拒E-mail範例集

道歉E-mail範例集

催促E-mail範例集

祝賀E-mail範例集

抗議E-mail範例集

邀請、招待E-mail範例集

E-mail

的

基本形式

▇ E-mail的基本形式

送信者（寄件者）
寄件者電子郵件信箱及姓名。

宛先（收件者）
收件者電子郵件信箱及姓名。

CC（副本）
副本收件者之電子郵件信箱及姓名（收件者郵件中會顯示）。

BCC（密件副本）
副本收件者之電子郵件信箱及姓名（收件者郵件中不會顯示）。

件名（主旨）
此封電子郵件之主旨。電子郵件的主旨重在簡潔扼要，因此多半會以名詞或

是問候句的方式呈現。例如：

年末のご挨拶（歲末問候）

「X112」ご注文のお礼（感謝訂購「X112」）

不良品送付のお詫び（為瑕疵品致歉）

注文商品の未着について（關於商品尚未到貨之說明）

工場見学のお願い（請求參觀工廠）

商品発送のお知らせ（商品出貨通知）

【重要】第1回プロジェクト会議（重要：第一次專案會議）

本文的部分即是主要內容的部分，在後面的範例集中，會分門別類示範各種主題的本文內容。以下則列出在書寫本文時需注意的重點。

1．依對象使用敬語：書信中最重要的就是適當使用敬語，為了避免失禮，在寫完信後，必需再次確認全篇是否都已使用了適當的敬語。

2．適時換行：為了讓收件者閱讀起來更加輕鬆，必需要適時的換行以讓電子郵件的畫面呈現看起來清爽乾淨。

3．每個段落力求簡潔：每一個段落都簡單扼要，盡量減少行數。

4．條列內容：若是能夠以條列表示的文字，盡量以條列的方式呈現，以方便收件者閱讀。

5．巧妙利用標題：將想要強調的重點，以標題的形式呈現，或是在每段落的第一句話中點出，讓人更容易掌握重點。

6．運用空格、分隔線：在前文和本文中可以用空行、分隔線的方式進行區隔。或是在重點的部分特別用分隔線等符號標出。

7．運用符號：利用符號、橫線等來標示重點，可以讓內容更清楚生動。

8．適當引用：回信時可以引用上一封信的原文，但切勿整封信引用，而是只引用自己要回答的部分。

結語

在電子郵件的最後，要再加上總結的一句話，讓電子郵件有一個結尾。通常會先用「まずは」、「以上」等詞語來與前段的文字做一個區隔，表示電子郵件內容已告一個段落。

追記

若是有與本文不同的事情需要告知、提供參考的資料…等需要再追記的地方，可以用追記的方式寫上，以和本文主題有所區別。

署名

在電子郵件軟體功能中，通常具有編輯個人名片的功能，讓每次寄送的電子郵件都附有署名及個人聯絡資訊。而署名大約使用四～五行左右，例如：

高橋正義

ガーデン販売株式会社営業部

〒123-4567東京都豊島区大山通り1－2－3ガーデンビル

Tel：00－0000－0000　Fax：00－0000－0001

Mail：user@yahooo.co.jp

3分鐘立即搞定！

E-mail

常用句

☞ 開場白

はじめまして
你好（用於初次聯絡）

初めてご連絡いたします
第一次和您聯絡

初めてメールをお送りいたします
初次寄mail給您

突然のメールで失礼いたします
冒昧突然寄信給您

お久しぶりです
好久不見

ご無沙汰しております
很久沒與您聯絡了

ご無沙汰しておりますが、いかがお過ごしですか
很久沒與您聯絡了，最近好嗎？

お世話になっております
一直都受您照顧、謝謝您的長期愛顧

日頃より大変お世話になっております
一直都受您很多照顧

いつもお心遣いいただき、まことにありがとうございます

誠心感謝您長期以來的關心

いつもお心にかけていただき、深く感謝申し上げます

很感謝您長期來的關照

平素よりお世話になっております

一直以來都受您照顧

平素より格別のお引き立てを、ありがとうございます

謝謝您平時的厚愛

毎度お引き立てをいただき、ありがとうございます

謝謝您每次的厚愛

ご連絡ありがとうございます

謝謝您的聯絡

さっそくお返事をいただき、うれしく思います

很高興您能快速地回覆

お気持ちの大変こもったメール、うれしく拝読いたしました

很高興能收到您充滿誠意的信件

何度も申し訳ございません

連續寄了許多次信很抱歉

たびたび失礼します

連續寄了許多次信很抱歉

失礼ながら重ねて申し上げます

雖然感到抱歉，還是要再次聲明

説明主旨

担当者（たんとうしゃ）の異動（いどう）についてご連絡（れんらく）いたします
特此通知負責窗口異動

納品（のうひん）の遅延（ちえん）について、お詫び（わび）申し上げ（もうあ）たくご連絡（れんらく）いたしました
關於交貨延遲一事，為致上歉意而特此聯絡

新商品（しんしょうひん）の内容（ないよう）についてご案内（あんない）いたしたく、メールを送（おく）らせていただきました
想為你介紹新商品的內容而傳送此信

次回（じかい）の会議（かいぎ）の日時（にちじ）について、ご連絡（れんらく）いたします
為聯絡下次會議的日期而特此聯絡

ご一読後（いちどくご）、関係各位（かんけいかくい）に転送（てんそう）いただけると幸（さいわ）いです
閱讀後煩請轉寄給相關成員

メールをご覧（らん）になった後（あと）、お返事（へんじ）いただけると幸（さいわ）いです
閱讀後，煩請回信

少々（しょうしょう）長（なが）いメールになりますが、ご一読（いちどく）のほどお願（ねが）いいたします
本文內容稍長，還請耐心閱讀

ご提案（ていあん）いただいた、A案（あん）とB案（あん）について検討（けんとう）を進（すす）めたいと思（おも）いますので、早速（さっそく）お見積（みつ）もり願（ねが）います
本公司想就您所提的A案及B案進行討論，請盡速進行估價

結尾語

皆様の一層のご健康を 心 よりお祈り申し上げます

衷心祝福各位身體健康

皆様のますますのご活躍を 心 よりお祈り申し上げます

衷心祝福各位更加成功

皆様の一層のご活動をご期待申し上げます

期待各位的事業更成功

皆様のますますのご発展を 心 よりお祈り申し上げます

衷心祝福各位更加成功

ご家族のますますのご多幸をお祈り申し上げます

衷心祝福您的家人也能一切順利

ご一同様のますますのご活躍を祈念いたしております

衷心祝福各位更加成功

山田様のますますのご活躍を 心 よりお祈り申し上げます

衷心祝福山田先生事業更加成功

貴サイトの益々のご発展を 心 よりお祈り申し上げます

衷心祝福貴公司日益壯大

今後とももよろしくご指導くださいますようお願い申し上げます

今後也請多多指教

これからも変わらぬご交誼 賜 りますようお願い申し上げます

27

今後也請繼續和我們保持友好的關係

今後ともかわらずお引き立てのほど、よろしくお願い致します
今後也請繼續對我們的厚愛

今後とも、ご愛顧を 賜りますよう、お願い申し上げます
今後也請繼續對我們的厚愛

今後とも、ご指導ご鞭撻のほど、よろしくお願い申し上げます
今後也請多多批評指教

まずはお知らせかたがたご挨拶まで
在此進行告知並向您打聲招呼（用在信件結尾，表示不再多做其他贅述）

とり急ぎ、ご連絡まで
以此信告知聯絡，就此擱筆

とり急ぎ、お願いまで
以此信告知請求，就此擱筆

まずは、とり急ぎお願いまで
以此信簡單告知請求，就此擱筆

まずは略儀ながら書 中をもってごあいさつまで
以此信簡單打聲招呼，就此擱筆

まずはお詫びかたがた、お願い申し上げます
以此信表示歉意，請多包涵

まずはとり急ぎ、お見舞い申し上げます
以此信表示（生病）慰問關懷之意，就此擱筆

☞ 邀請參加活動

開催することになりましたので、是非ご出席ください

即將舉辦，請務必出席

開きますので、是非ご出席ください

即將舉辦，請務必出席

催したく存じますので、是非ご出席ください

即將舉辦，請務必出席

行いますので、ご案内します

即將舉辦，特此介紹

実施することとなりましたので、ご案内します

即將舉辦，特此介紹

開発する企画を立てましたので、ご案内します

新企畫即將展開，特此介紹

開催することになりました

即將舉辦

開催日時が決まりました

舉辦日已決定

敬邀出席

是非お運びくださるようご案内申し上げます
希望你務必前來而特此介紹

是非ご参加賜りますようご案内申し上げます
希望你務必前來而特此介紹

是非ご出席くださいますようご案内申し上げます
希望你務必前來而特此介紹

ご参加をお待ちしております
期待您的出席

是非お越しください
期待您的出席

ふるってご参加ください
期待您積極出席

お待ち申し上げます
期待您的出席

ご臨席賜りますようお願い申し上げます
期待您的出席

よろしくご検討のうえ、ご参加いただければ幸いです
請討論是否參加，若能前來實為在下榮幸

詢問是否出席

出欠のご返事を返信メールにてくださいますよう、お願い申し上げます
請回電子郵件告知是否出席

ご連絡くださいますよう、お願い申し上げます
請給予聯絡

ご都合のほどをご連絡いただきますよう、お願い申し上げます
請告知是否出席

お知らせくださいますよう、お願い申し上げます
懇請告知

お教えくださいますよう、お願い申し上げます
懇請告知

ご連絡くださいますよう、お願い申し上げます
懇請聯絡

ご連絡をお待ちしております
靜待回音

ご一報いただけないでしょうか
能否請您告知一聲

☞ 告知事情

ご通知申し上げます
特此告知

お知らせいたします
特此告知

お知らせ申し上げます
特此告知

ご連絡いたします
特此聯絡

下記のとおりに変更させていただきます
變更如下

このたび、開業することとなりました
本公司決定開始營業

今日を持ちまして、閉店させていただきます
今日起，決定停止營業

このたび、山田商社と提携する運びとあいなりました
此次與山田商社成為事業夥伴

📣 告知結果

慎重に検討しました結果

慎重檢討之結果

あらゆる角度から検討をいたしました結果

從各角度檢討後的結果

早速検討いたしました結果

立即進行檢討後的結果

早速検討させていただきました

立即進行檢討

さっそく何とかご期待に沿えるよう検討と努力をいたしました

立即討論並努力符合您的期待

結論から申し上げます

做出此結論

改めてご通知いたします

再次通知

ご期待に沿えるよう検討と努力をいたしました

為了符合您的期待而做了努力

表示遺憾

残念ながら
可惜

あいにく
不巧

まことに遺憾ながら
真的很可惜

誠に残念ではございますが
真的很可惜

まことに不本意ではございますが
雖不願意，但…

不本意ではありますが
雖不願意，但…

不本意ながら
雖非我本意

ご協力申し上げたい気持ちは山々でございますが
雖然很想辦忙

お役に立ちたいところですが
雖然很想辦忙

お引き受けしたいのですが

雖然很想接受

申し訳なく存じますが
雖然對您很不好意思

誠に残念ではございますが
實在感到抱歉，但…

大変申し訳ございませんが
很抱歉，但…

はなはだ残念ながら貴意に沿いかねる仕儀と相なりました
十分可惜無法照您的要求執行

ご希望にお応えすることができませんでした
無法回應您的期望

ご期待にこたえられず
無法回應您的期望

ご要望には添いかねます
無法按照您的期望做

ご期待に添えず残念ではありますが
很可惜沒辦法回應您的期望

わざわざおいでいただきながら
雖然承蒙您的親臨，但…

貴意に添いかねる結果となりました
無法回應您的期待

拒絕、辭退

お断りします
容我拒絕

お断り申し上げます
容我拒絕

今のところ必要ございません
目前不需要

結構でございます
不需要

お申し出はお受けいたしかねます
難以接受要求

お申し出はお引き受けかねます
難以接受要求

ご要望には添いかねます
無法符合您的期望

ご容赦のほどお願い申し上げます
請見諒

ご勘弁いただきたく思います
請見諒

謹んでご辞退させていただきたく思います

容我謹慎地辭去

とても 私 には 力 が 及びません

以我的能力無法辦到

私 ではまだ荷が重過ぎます

以我的能力無法辦到

私 などが出る幕ではございません

以我的能力無法辦到

お 断 りせざるを得ない 状 況 です

不得不拒絕

ご遠慮申し上げます

容我拒絕

お気持ちだけ 頂 戴 します

您的好意我心領了

私 ではこなせそうにありません

我無法勝任

私 には 力 不足で、とてもできません

我的能力不足，實在無法勝任

☞ 感謝對方提出要求（但無法答應）

せっかくのご依頼にお答えできず
難得承蒙您的要求

せっかくのお申し出ではありますが
難得承蒙您提出要求

せっかくのご依頼ではございますが
難得承蒙您提出要求

せっかくお頼りくださいましたのに
難得承蒙您提出要求

せっかくですが
雖然很難得

願ってもない機会ですが
雖然是千載難逢的機會

ありがたいお話ですが
雖然是很難得的事

身に余るお話ですが
雖然很看重我

拒絕後請對方理解

ご容赦のほどお願い申し上げます

請原諒我

何卒ご了承くださいますようお願い申し上げます

請體諒我的立場

何卒事情をご賢察の上、あしからずご了承のほどお願い申し上げます

請體察我的處境，予以體諒

何卒事情をご高察賜りまして

請體察我的處境

何卒事情をご高察賜りまして、あしからずご了承のほどお願い申し上げます

請體察我的情況，予以體諒

何卒本事情をお察しいただき、あしからず御了承のほどお願い申し上げます

請體察我的情況，予以體諒

事情をご賢察の上、何卒ご容赦くださいますようお願い申し上げます

請體察我的情況，予以體諒

あしからずご了承くださいますようお願い申し上げます

請予以體諒

こんかいきい　　そ　　　　　　　　　　　　　　まこと　こころぐる　　しだい
今回貴意に添えませんことは 誠 に 心 苦 しい次第ではございます

　　　なにとぞ　りょうしょう　　　　　　　　　　　　ねが　もう　あ
が、何卒ご 了 承 くださいますようお願い申し上げます

此次無法符合您的要求實感愧疚，請予以體諒

なにとぞ　かんじょ　　　　　　　　　ねが　もう　あ
何 卒 ご 寛恕 くださいますようお願い申し上げます

請予以原諒

なにとぞじじょう　　　けんさつ　　　　　こうしょうたま　　　　　ふ　　　ねが
何 卒 事情をご賢察のうえ、ご高 承 賜 わりますよう伏してお願い

もう　あ
申し上げます

懇請體察我的情況，予以原諒

ようしゃ　　　　　　　　　　　ねが　もう　あ
ご容赦くださいますよう、お願い申し上げます

請予以體諒

きたい　　　そ　　　　もう　わけ
ご期待に添えず、申し訳ございません

不能滿足您的期待，實在很抱歉

きたい　　そ　　　こころ　　　　　わ
ご期待に添えず、 心 よりお詫びいたします

不能滿足您的期待，衷心感到抱歉

道歉、感謝時表示過意不去

<ruby>恐<rt>きょうしゅく</rt></ruby>縮しております

實在很過意不去／實在很不好意思

大変恐縮しております

實在很過意不去／實在很不好意思

恐れ入ります

實在很過意不去／實在很不好意思

痛み入ります

實在很過意不去／實在很不好意思

恐縮至極に存じます

實在很過意不去／實在很不好意思

かたじけなく思います

實在很過意不去／實在很不好意思

心苦しいほどです

我也覺得內心難受

☞ 自謙

はなはだ未熟ではございますが
雖然我還只是初出茅蘆／雖然我還不夠成熟

微力非才の身ではございますが
雖然我能力不足又沒有才能

浅学非才の身ではございますが
雖然我才疏學淺

身に余る光栄と
給予的評價超乎了我的實力

私 にはもったいないことと
給予的評價超乎了我的實力

恐れ多いことと
雖然感到惶恐

不慣れな 私 ですが
我還只是初學者

お誉めにあずかり、恐 縮 です
受到大家的誇獎，很不好意思

☞ 表示感謝

ありがとうございます
感謝

お礼申し上げます
<ruby>礼<rt>れい</rt></ruby><ruby>申<rt>もう</rt></ruby>し<ruby>上<rt>あ</rt></ruby>げます
感謝

<ruby>感<rt>かん</rt></ruby><ruby>謝<rt>しゃ</rt></ruby><ruby>申<rt>もう</rt></ruby>し<ruby>上<rt>あ</rt></ruby>げます
感謝

<ruby>感<rt>かん</rt></ruby><ruby>謝<rt>しゃ</rt></ruby>の<ruby>意<rt>い</rt></ruby>を<ruby>表<rt>あらわ</rt></ruby>します
表示感謝之意

<ruby>感<rt>かん</rt></ruby><ruby>謝<rt>しゃ</rt></ruby>しております
感謝

<ruby>感<rt>かん</rt></ruby><ruby>謝<rt>しゃ</rt></ruby>してやみません
十分感謝

<ruby>深<rt>ふか</rt></ruby>く<ruby>感<rt>かん</rt></ruby><ruby>謝<rt>しゃ</rt></ruby>いたしております
深深感謝

<ruby>感<rt>かん</rt></ruby><ruby>激<rt>げき</rt></ruby>しております
十分感謝

<ruby>胸<rt>むね</rt></ruby>が<ruby>一杯<rt>いっぱい</rt></ruby>になりました
心中充滿感謝

<ruby>感<rt>かん</rt></ruby><ruby>謝<rt>しゃ</rt></ruby>の<ruby>限<rt>かぎ</rt></ruby>りです

不勝感激

感謝の念を禁じえません

不勝感激

ただただ感謝の気持ちで一杯です

不勝感激

お礼の申し上げようもありません

不勝感激

何とお礼を申し上げればよいか、言葉もありません

不勝感激，無法用言語形容

感謝の言葉も見つからないほどです

不勝感激，無法用言語形容

心より感謝申し上げます

衷心表示感謝

謝恩

お陰様で
託您的福

ご恩は一生忘れません
終生難忘您的恩情

恩に着ます
終生難忘您的恩情

足を向けて寝られません
您對我恩重如山

一生恩に着ます
一生都會記得您的恩情

この恩は決して忘れません
絕對不會忘記您的恩情

お力添えいただき
承蒙您的幫助

お力添えのおかげで
都是因為有您的幫忙

☞ 表示麻煩對方了

ご面倒をおかけしました
麻煩您之前的照顧

いろいろとお骨折りをいただきまして
之前麻煩您多方照顧

おかげさまで
託您的福

お世話になりました
受您照顧了

お手数をおかけしました
受您照顧了

いろいろとご指導を承り、ありがとうございました
受您很多指導，十分感謝

いろいろとお世話になり、ありがとうございました
受到您很多照顧，十分感謝

ご無理を申し、ご面倒をおかけしました
提出了無理的要求，造成您的麻煩

☞ 發表意見前的開場白

<ruby>僭<rt>せん</rt></ruby><ruby>越<rt>えつ</rt></ruby>ながら
雖然有些僭越

<ruby>出<rt>で</rt></ruby>すぎたまねをするようですが
雖然覺得有點太冒失

<ruby>恐<rt>おそ</rt></ruby>れ<ruby>多<rt>おお</rt></ruby>いことですが
雖然感到惶恐

はなはだ<ruby>未熟<rt>みじゅく</rt></ruby>ではございますが
雖然我資歷和想法都還不成熟

<ruby>浅学非才<rt>せんがくひさい</rt></ruby>の<ruby>身<rt>み</rt></ruby>にございますが
雖然我才疏學淺

<ruby>素人<rt>しろうと</rt></ruby>の<ruby>立場<rt>たちば</rt></ruby>から<ruby>言<rt>い</rt></ruby>わせていただくと
以我門外漢的立場來説的話

<ruby>私<rt>わたし</rt></ruby>なりに<ruby>考<rt>かんが</rt></ruby>えたのですが
這只是我個人的意見

そういった<ruby>考<rt>かんが</rt></ruby>えもあるかと<ruby>思<rt>おも</rt></ruby>いますが
您説的也有道理，但是…

説明事情前的開場白

その前に、今の状況を説明させていただけますか
在那之前，可以讓我説明一下現在的情況嗎

誤解なされているようなので
因為您似乎有所誤會，所以…

行き違いがあったかと思われますので
似乎是有些出入，所以…

ご説明に至らぬところがあったかと存じますので
因為發現之前的説明有不足的地方，所以…

前回の件につき
關於上次的事

今回の注文につきまして
關於本次的訂單

☞ 説明、介紹、回答

ご案内いたします

由我來介紹

ご案内申し上げます

由我來介紹

ご説明申し上げます

由我來説明

説明させていただきます

由我來為您説明

改めて説明申し上げます

再次説明

改めて釈明申し上げます

再次説明

改めて事情を述べさせていただきます

再次説明

お答えいたします

在此回答

説明理由

調査しましたところ、発注ミスが原因と判明いたしました
經過調查後，原因是因為訂貨錯誤

調査の結果、管理システム誤作動によって、今回の事態が生じる
にいたった次第でございます
經過調查後，發覺是由於管理系統操作錯誤，而造成此次情形

調べましたところ、入力ミスで貴社のご送付する商品を間違
えたことが判明しました
經過調查，查明是由於輸入疏失而造成出貨錯誤

今回の事件が発生いたしましたのは、点検ミスのためです
這次的事件會發生是因為檢查疏失

実は職員による入力ミスがあり、今回の事態が生じました
由於職員輸入疏失，因而發生此次情形

やむなく延納にいたった次第でございます
情非得已但造成了延後交貨的結果

延納することを避けられませんでした
無法避免避後交貨

延納せざるを得ませんでした
不得不延後出貨

原料価格の高騰により、やむなく値上げに至った次第でござい

ます

因為原料價格上漲，我們也不得不隨著漲價

今回の問題の原因として、システムに重大な欠陥があることが

判明いたしました

我們發現，這次的問題出在系統上的重大缺陷

商品の特性上、やむを得ないことをご了解いただきますよう

お願い申しあげます

請您理解這是基於商品的特性才會發生的

売上高も頭打ちとなり資金の調達も思うようにいかないのが

実情でございます

其實是因為營業額沒辦法提升，不能順利進行資金調度

実は、アルバイト職員による点検ミスがあり、誤送が生じまし

た

其實是因為打工的職員檢查時的疏失，才會發生誤送

認為對方略有所聞

ご存知かと思いますが
您應該了解

お分かりかと存じますが
您應該了解

ご承知いただいていると思いますが
您應該了解

ご承知のとおり
如您所了解

お聞き及びのこととは存じますが
我想您應該也有所聽聞

ご存じのことと思いますが
我想您應該已經知道

知っているかと思いますが
我想您也許已經知道了

知っているかと存じますが
我想您也許已經知道了

表示無法贊成

納期延長は承服いたしかねます
難以接受延後交貨

判然としない点もございます
仍有不明白之處

誠に困惑するばかりです
讓我覺得很困擾

それでは、とても納得がいきません
我實在無法接受

お言葉ですが、私は納得がいきません
容我説一句，我無法同意

せっかくですが、それでは話になりません
難得您一番好意，但我覺得行不通

申し訳ありませんが、ただ今のご指示には納得できません
很抱歉，我無法接受您現在的指示

承服いたしかねます
無法認同

請求理解

ご理解いただきたくお願い申し上げます
敬請諒解

ご了解いただけますようお願い申し上げます
敬請諒解

弊社の事情をご了承のうえ、よろしくお願い申し上げます
敬請諒解敝公司之難處

特別のご配慮をもってご了承賜りますよう重ねてお願い申し上げます
敬請能夠給予考量並且體諒

何とぞよろしくご了承賜りたく存じます
敬請諒解

事情ご賢察賜り、何とぞよろしくお願い申し上げます
請考量我方處境予以諒解

何卒ご高配を賜りますよう重ねてお願い申し上げます
敬請諒解

当方の事情もご賢察のうえ、今後とも一層のご配意をお願い申し上げます
請考量我方處境，希望今後能更加給予體諒

👉 道歉用語

申し訳ありませんでした
很抱歉

申し訳ありません
很抱歉

すみませんでした
很抱歉

失礼いたしました
不好意思

謝罪いたします
致上歉意

陳謝いたします
致上歉意

まことに申し訳ございません
深感抱歉

心から申し訳なく存じます
衷心感到抱歉

心よりお詫び申し上げます
衷心感到抱歉

誠に申し訳なく、衷心よりお詫びをする次第でございます

實在很抱歉，在此致上最深的歉意

謹_{つつし}んでお詫_わび申_{もう}し上_あげます

謹致上歉意

お詫_わびの言葉_{ことば}もありません

無法形容我有多抱歉

お詫_わびの言葉_{ことば}に苦_{くる}しんでおります

無法形容我有多抱歉

お詫_わびの申_{もう}し上_あげようもありません

無法形容我有多抱歉

なんとお詫_わび申_{もう}し上_あげてよいやら、言葉_{ことば}もございません

沒有言語足以表示我的歉意

弁明_{べんめい}のしようもありません

沒有辯解的理由

弁解_{べんかい}の余地_{よち}もございません

沒有辯解的理由

表示造成對方困擾

貴社_{きしゃ}に多大_{ただい}なご迷惑_{めいわく}をおかけいたしました

造成貴公司莫大的困擾

大変_{たいへん}ご迷惑_{めいわく}をかけいたしました

造成您的困擾

大変_{たいへん}ご心配_{しんぱい}をおかけいたしました

讓您擔心了

大変_{たいへん}ご不快_{ふかい}の念_{ねん}をおかけしました

讓您感到不愉快

多大_{ただい}なるご迷惑_{めいわく}をおかけし、弁解_{べんかい}の余地_{よち}もございません

造成您很大的困擾，實在沒有辯解的理由

お手間_{てま}を取_とらせてしまいまして、大変申_{たいへんもう}し訳_{わけ}ございません

造成您的麻煩，實在很抱歉

何度_{なんど}もお電話_{でんわ}をいただき、申_{もう}し訳_{わけ}ありません

讓您打了好幾次電話，實在很抱歉

ご無理_{むり}を言_いって申_{もう}し訳_{わけ}ございません

做出無理的要求，真的很抱歉

👉 自我反省

自責の念にかられております
著實感到自責

深く反省しております
正深自反省

深く反省いたしております
正深自反省

猛省しております
正深自反省

管理体制に不備があったものと深く反省しております
正深切反省管理系統的不周之處

今回のような不始末が生じ、深く反省しております
發生這次的失敗，我們正深自反省。

私の不徳のいたすところです
都是因為我不夠週到

自責の念に耐えません
我深深感自責

👉 今後會更加小心

事務システム運営にはさらに一層注意をいたしてまいります
將會更注意公司系統的運行

今後はこのようなミスを起こさぬよう努力してまいる所存でござ
います
今後會努力不讓這種疏失再發生

管理を徹底に努めてまいります
會致力徹底管理

再発の防止に努める所存でございます
會努力防止再度發生

今後このような不始末を起こさぬよう努めてまいります
會努力讓這種疏失不再發生

肝に銘じます
會謹記教訓

ご忠告、肝に銘じます
您的忠告我會謹記在心

以後、気をつけます
今後會注意

二度とこのようなことはいたしません
不會讓這種事再發生

今後は十分に気をつけます

今後會十分小心

このような事がないように、今後は重々気をつけます

以後會特別注意，不讓相同的事再發生

ご迷惑をおかけしないように心掛けます

會小心不再造成您的困擾

今後二度とこのようなことがないよう、慎重に進めるようにします

今後會謹慎小心，不讓相同的事再發生

このようなことを繰り返さないように、以後、気をつけます

後以會小心，不讓同樣的事再發生

今後は十分に注意し、二度とこのようなことはいたしません

今後會十分小心，不讓同樣的事再發生

以後、十分に注意いたしますので、お許しください

以後會十分小心，請原諒我

請求原諒

何卒ご容赦の程重ねてお願い申し上げます
再次請您包涵

事情御賢察の上、何卒御理解を賜りますよう重ねてお願い申し上げます
再次請您考量我的立場，予以體諒

ご高承賜わりますよう伏してお願い申し上げます
請您能夠體諒

お許しくださいませ
請原諒

ご勘弁願えませんでしょうか
能否請您原諒

何卒ご容赦いただきたく、お願い申し上げます
懇請您見諒

どうかご勘弁願います
請您原諒

どうかお許しくださいますよう、お願いいたします
懇請您原諒

お気に触りましたら、お詫びいたします
如果造成您的不悦，我在此表示歉意

何卒お許しいただきたく存じます
懇請您原諒

どうぞご容赦くださいますよう、よろしくお願い申し上げます
懇請您能諒解

どうか許してあげて下さい
請您原諒

また以前のようにお付き合いいただければ幸いです
希望您能如以前一樣和我往來

何卒ご容赦くださいますよう、お願い申し上げます
懇請見諒

とぞ、ご容赦くださいませ
請見諒

お許し願えませんか
可以請求您的原諒嗎

責無旁貸

申し開きのできないことです
無法推卸責任

このたびの件はまったく申し開きのできないことでございました
這次的事情，我無法推卸責任

弁解の余地もございません
無法辯解

弁明しようもありません
無法辯解

言い訳が立たないことは承知しております
自知無辯解之餘地

言い逃れできるとは思っておりません
不會為自己辯解

釈明するつもりもございません
不會為自己辯解

過失的原因

<ruby>不注意<rt>ふちゅうい</rt></ruby>で
因為不小心

うかつにも
因為太粗心

<ruby>不覚<rt>ふかく</rt></ruby>にも
因為太粗心

<ruby>心<rt>こころ</rt></ruby> <ruby>違<rt>ちが</rt></ruby>いで
因為不小心

<ruby>誤解<rt>ごかい</rt></ruby>がございまして
因為誤解

<ruby>勘違<rt>かんちが</rt></ruby>いしてしまいまして
因為誤解

<ruby>私<rt>わたし</rt></ruby> の<ruby>不注意<rt>ふちゅうい</rt></ruby>
因為我的不小心

<ruby>私<rt>わたし</rt></ruby> の<ruby>不手際<rt>ふてぎわ</rt></ruby>
因為我做事不得要領

為失禮的態度道歉

非礼この上ないことと、お詫びを申し上げます

因為極度的失禮，向您致歉

礼儀知らずもはなはだしく、お詫びを申し上げます

因為極度的失禮，向您致歉

無礼千万なことと、お詫びを申し上げます

因為極度的失禮，向您致歉

対応させて頂きました弊社係員の態度にご無礼のありました件

につきましても重ねて謹んでお詫び申し上げます

因為敝社員工在接待您時過度無禮，再次向您致歉

私の失言です

是我失言了

生意気なことを言って申し訳ありませんでした

説了自以為是的話實在很抱歉

考えの足りないことを申しまして、失礼いたしました

提出這種不周全的想法，實在很抱歉

☞ 為思慮不周道歉

そこまで 考えが及ばず、申し訳ありません

考慮得不夠周詳，很抱歉

気がつきませんで、失礼いたしました

沒注意到，很抱歉

そこまでは 考えが及ばず、恥ずかしいかぎりです

沒想得那麼周到，覺得十分失禮

どうやら、私の読みが甘かったようです

看來是我想得太簡單了

気がつきませんでした。以後、注意いたします

我沒有注意到，以後會小心

その件については、勉強不足で恐縮です

關於那件事，都是因為我知識不足，很抱歉

長い間、ご迷惑をおかけしていることに気がつかず、恐縮です

造成您長久以來的困擾卻不自知，實在很抱歉

私の確認が不足しており、ご迷惑をおかけいたしました

因為我疏於確認而造成您的困擾

形容嚴重的錯誤

あってはならないことでした
不能允許發生的事

もってのほかでございました
荒唐的行為

とんでもないことでした
極其荒唐的行為

無礼千万（ぶれいせんばん）なこと
失禮至極的事

とんだ失態（しったい）を演（えん）じてしまいまして
竟然做出這麼失態的舉動

度重（たびかさ）なる失礼（しつれい）
屢次冒犯

とんだ御無礼（ごぶれい）をいたしまして
做出十分無禮的舉動

とんだそそうをいたしまして
犯下非常嚴重的錯誤

自責

弊社の管理体制に不行届きがあるものと深く反省しております

由於敝公司管理的不周到而深自反省

私の力不足です

是我能力不足

考えが及びませんでした

是我思慮不周

気が回りませんでした

是我不夠注意

まことに不行届きで

都是因為我們做事不周

私どもの管理体制の至らなさで

都是我們管理不周

私どもの準備不足によるもの

因為我們準備不足

すべては私の不注意によるもので

都是因為我的不小心

表達處理、改善的立場

善処(ぜんしょ)させていただきたいと思(おも)います

我會幫您好好處理

大至急上司(だいしきゅうじょうし)と相談(そうだん)して、対応(たいおう)させていただきます

我會立刻和主管討論,為您處理

早急(さっきゅう)に検証(けんしょう)して、ご返事(へんじ)いたします

我會立刻查驗後再回覆

早速(さっそく)、手配(てはい)いたしますので、ご容赦(ようしゃ)ください

我會立刻著手進行,請多包涵

すぐにやり直(なお)します

立刻重做

もう一度(いちど)はじめからやり直(なお)します

再從頭做一次

ただちにあらためますので、今回(こんかい)に限(かぎ)り、お許(ゆる)しください

我們會立刻重做,這次請原諒。

商品(しょうひん)はすぐにお取(と)り換(か)えいたしますので、ご勘弁(かんべんねが)願えませんで

しょうか

我們會立刻換為你更換產品,還請您見諒

表示詢問之意

お伺い申し上げます
向您請教

お問い合わせ申し上げます
向您請教

教えいただきたく存じます
想向您請教

お聞かせいただきたく存じます
想向您請教

ちょっとお尋ねしたいのですが
有件事想請教

少々伺いたいことがあるのですが
有件事想稍微請教一下

お尋ねしたいことがあるので
有件事想請教

つかぬことを伺いますが
想到一件事要請教您

立ち入ったことを伺いますが
可以問您一個私人的問題嗎

☞ 表示想確認

納品のご確認をさせて頂きます
請容我向您確認交貨的情形

改めて確認したい点がございます
有件事想要再次向您確認

把握したい点がございます
想要掌握一件事的情況

お確かめいただければ幸いに存じます
希望您能確認一下

どうか事実をご確認くださいますよう、お願いいたします
請您能確認一下事實

ご面倒ですが、ご確認願います。
雖然對您來説有點麻煩，還是請您確認

事実関係を確認したいのですが
我想要確認事實關係

お確かめくださいませんか
可以請您確認嗎

請對方回覆

お手数ながら折り返しお返事を賜りますようお願い申し上げます
有勞您回覆

ご回答いただければ誠にありがたい次第です
能夠得到你的回覆就讓我們深深感謝

ご返事をお待ちしております
等待您的回答

お返事いただけますよう、お願い申し上げます
期待您的回答

ご回答おまちしております
靜待回音

お返事いただければ幸いです
若能得到您的回答會很高興

ご返事がいただけますよう重ねてお願い申しあげます
再次表示希望能收到您的回覆

ご返事かたがたお願いいたします
望能收到您的回覆

進行確認

お確かめいたします
我會進行確認

お改めいたします
我會進行再次確認

確かめさせていただきます
我會進行確認

なるべく早く原因を確かめ、ご報告いたします
我會盡早確認原因，再行報告

確認してこちらからご連絡させていただきます
確認後，會與您聯絡

確認してまいりますので、少々お待ちください
我會進行確認，請稍候

原因を確かめてから、相談させていただきます
確認原因後，再和您談

ただいま確認いたします
立刻進行確認

再確認

考慮<ruby>こう<rt></rt></ruby>しないということでございますね
也就是您不考慮的意思，對嗎

記録が存在しないということでしょうか
也就是説記錄不存的意思，對嗎

この部品とは、電子情報製品に使用されている部品と解釈して

よろしいでしょうか
這個零件，是用在電子資訊商品上的零件，我這樣解讀對嗎

このままでいいということでしょうか
照這樣就可以的意思，對嗎

失礼とは思いますが、重ねておたずねいたします
雖然很失禮，但還是要再次詢問

恐れ入りますが、もう一度おっしゃっていただけますか
不好意思，可以請您再説一次嗎

恐れ入りますが、もう一度お聞かせ願えませんでしょうか
不好意思，我可以再問一次嗎

☞ 詢問狀況

どのようになっているのでしょうか
是什麼情形呢

いかが相成っておりますでしょうか
是什麼情形呢

いかがでしょうか
怎麼樣呢

どうかなさいましたか
發生什麼事了

どうかされましたか
發生什麼事了

何か不都合はございましたでしょうか
有什麼不對勁的地方嗎

おケガなどはございませんでしょうか
是否有受傷

請託時的開場白

お忙（いそが）しいところお手数（てすう）ですが
百忙之中麻煩您

お忙（いそが）しいところ恐（おそ）れ入（い）りますが
百忙之中很不好意思

ご多用中（たようちゅう）はなはだ恐縮（きょうしゅく）でございますが
百忙之中很不好意思

ご多忙（たぼう）のところ申（もう）し訳（わけ）ないのですが
百忙之中很不好意思

お忙（いそが）しいところお手数（てすう）をおかけしますが
百忙之中麻煩您

ご多忙（たぼう）のところ恐（おそ）れ入（い）りますが
百忙之中很不好意思

誠（まこと）に厚（あつ）かましいお願（ねが）いとは存（ぞん）じますが
雖然知道這是很厚臉皮的請求

ご迷惑（めいわく）をおかけするのは心苦（こころぐる）しいのですが
造成您的困擾我也很不願意（但是…）

このようなことを申（もう）し出（で）ましてご迷惑（めいわく）と存（ぞん）じますが
雖然知道提出這種要求會讓您覺得為難

身勝手（みがって）きわまる申（もう）し入（い）れとは承知（しょうち）しておりますが

雖然知道這是很任性的請求

お願いするのは忍びないことですが

實在是出於無奈才做出這個請求

まことに申しかねますが

實在很難啟齒

ぶしつけなお願いで申し訳ないのですが

雖然知道這是很失禮的請求

誠に勝手なお願いで恐縮ですが

做出這麼冒昧的請求真的很抱歉

突然のお願いで恐縮ですが

突然做出請求實在很抱歉

恐れ多いことですが

雖然覺得很難啟齒

請託

ご依頼申し上げます
想要請託

お願い申し上げます
想要拜託

お願いできますか
可以請你…嗎

いただけませんでしょうか
可以請你…嗎

伏してお願い申し上げます
誠懇的請求

懇願申し上げます
誠懇的請求

切にお願い申し上げます
誠懇的請求

なんとかお願いできましたら嬉しいです
如果您能接受我的請求，我會很高興

おすませいただければ幸いに存じます
如果您能幫我解決的話，我會感到很感激

お力をお貸しください

請助我一臂之力

どうかお力添えください
請助我一臂之力

お力添えをお願いします
請助我一臂之力

力を貸していただけませんか
能借助您的幫忙嗎

ぶしつけを承知で、お願い申し上げます
雖然知道是很失禮的請求，還是請您幫忙

ご協力賜りますよう、お願い申し上げます
請您務必配合幫忙

お力添えいただけますよう、お願い申し上げます
請您務必助我們一臂之力

雖然感到不當還是提出請求

このようなことを申し出ましてご迷惑と存じますが
雖然知道提出這樣的請求會讓您感到困擾

身勝手きわまる申し入れとは承知しておりますが
雖然知道我提出這樣的要求很任性

誠にあつかましいお願いとは存じますが
雖然知道這是很厚臉皮的要求

突然でまことに失礼と存じますが
雖然知道這麼唐突是很失禮的事

ご迷惑とは存じますが
雖然知道會造成您的困擾

誠に申しかねますが
實在難以啟齒

お願いするのは忍びないことですが
實在是出於無奈才提出請求

ご迷惑をかけするのは心苦しいのですが
對於造成您的困擾雖然覺得很不忍心

無理的請求

ぶしつけなお願いで
很冒昧的請求

勝手なお願いで
很任性的請求

唐突なお願いで
很冒昧的請求

誠に面倒なお願いで恐れ入りますが
做出很麻煩您的請求,實在很抱歉

勝手ではございますが
雖然知道這是個任性的請求

無理を承知でお願いするのですが
雖然知道這是讓您為難的請求

身勝手きわまる申し入れとは承知しておりますが
雖然知道這是很任性的要求

大変厚かましいお願いでございますが
雖然知道這是很厚臉皮的要求

請對方體諒

何卒、ご了承くださいますよう
請見諒

何卒事情をご賢察の上
請考量我的情形

何卒ご高配を賜りますよう
請見諒

何卒ご理解いただきますよう
請見諒

何卒内情をお汲み取りいただきまして
請考量我的情形

ご了解いただけますよう
請您體諒

何卒諸般の事情をお汲みいただき、ご承知くださいますよう
請您考量種種情況予以體諒

ご承知おきくださいますよう
請予以體諒

祝賀

おめでとうございます
恭喜

誠（まこと）におめでとうございます
誠心祝賀

心（こころ）からお祝（いわ）い申（もう）し上（あ）げます
誠心祝賀

お慶（よろこ）び申（もう）し上（あ）げます
誠心祝賀

誠（まこと）におめでたく心（こころ）からお祝（いわ）い申（もう）し上（あ）げます
誠心祝賀

心（こころ）からご祝詞（しゅくしもう）申（もう）し上（あ）げます
誠心祝賀

喜（よろこ）びにたえません
實在很開心

心（こころ）からお慶（よろこ）び申（もう）し上（あ）げます
誠心祝賀

誠（まこと）に悦（よろこ）ばしい思（おも）いでございます
我也很高興

☞ 表示接受

承りました
接受

貴社よりのお申出でございますので、お受けしたしだいでございます
由於是貴公司提出的要求，我們才會接受

お引き受けいたします
接受您的要求

そこまで言われては、お引き受けせざるを得ません
既然您都這麼說了，我也只好接受您的要求

お受けすることにいたします
接受您的要求

私でよろしければ、お引き受けいたします
如果您覺得我可以的話，那麼我就接受您的要求

今回に限りお受け致します
僅此一次接受您的要求

今回に限り、例外を認めさせていただきます
僅此一次，破例接受您的要求

👉 表示理解

了承しました
了解並接受

承知いたしました
已經知道狀況

やむをえないことと了承いたします
雖然無奈也只能接受

おっしゃることは、よく分かります
我很了解您所説的

ご指示はわかりました
我們了解您的指示了

確かに承りました
已確實收到您的指示

検討の結果、承諾いたしました
商討的結果，決定同意

ご依頼の件について承諾いたしました
關於您的要求，我們決定接受

ご依頼の件は、確かに承知いたしました
關於您的要求，我們已經收到

欣然接受

お引き受けいたします
我接受

受諾いたします
我答應

お受けすることにいたします
我接受

喜んでお取引させていただくことに相なりました
欣然接受

喜んでお受けすることにいたしました
欣然接受

ご依頼のお仕事の件、喜んで協力させていただきます
關於你交代的工作，我很高興能幫忙

私が少しでもお役に立てれば幸いです
如果我能幫上忙就太好了

微力ながらできるかぎり精一杯がんばりたいと思います
希望能盡上棉薄之力

ご期待に添うことができれば幸いです
要是能符合你的期望就好了

👉 表示會加油

最善を尽くします
會盡力做到完美

全力尽くします
會盡全力

ベストを尽くします
會盡全力

ここまで進めてきたからには、もう後へは引けません
既然已經進行到這裡，就不會再後退

次は必ず、結果が出せるように頑張ります
下次一定會努力展現成果

心残りがないように、自分たちの力を出しきろうと思います
會盡全力希望不留下遺憾

精一杯やらせていただきます
會盡全力

多くのお客様に喜ばれるよう、がんばります
會努力讓更多的客人感到滿意

📣 請對方過目

ご<ruby>高覧<rt>こうらん</rt></ruby>ください

請過目

ご<ruby>検討<rt>けんとう</rt></ruby>くださいますよう

請討論

ご<ruby>覧<rt>らん</rt></ruby>ください

請過目

ご<ruby>賢覧<rt>けんらん</rt></ruby>ください

請過目

ご<ruby>賢覧<rt>けんらん</rt></ruby>くださいませ

請過目

ご<ruby>一読<rt>いちどく</rt></ruby>いただければ<ruby>幸<rt>さいわ</rt></ruby>いです

若能承蒙您閱讀,實屬榮幸

ご<ruby>目通<rt>めどお</rt></ruby>しいただければ<ruby>幸<rt>さいわ</rt></ruby>いです

若能承蒙您閱讀,實屬榮幸

ご<ruby>参照<rt>さんしょう</rt></ruby>いただければ<ruby>幸<rt>さいわ</rt></ruby>いです

若能承蒙您參考,實屬榮幸

👉 表示佩服、感動

出色(しゅっしょく)のできばえでした
出色的結果

秀逸(しゅういつ)です
很秀逸

傑出(けっしゅつ)した作品(さくひん)だと思(おも)います
我覺得是很傑出的作品

頭(あたま)が下(さ)がる思(おも)いです
令人自嘆不如

恐(おそ)れ入(い)る思(おも)いです
令人佩服

心(こころ)を打(う)たれる思(おも)いです
感動人心

感服(かんぷく)いたしております
很佩服

敬服(けいふく)のいたりに存(ぞん)じます
十分佩服

心酔(しんすい)するばかりです
令人醉心

感心(かんしん)しております

十分佩服

感銘を受けました
十分感動

感銘いたしました
十分感動

心から敬服しております
打從心裡佩服

お見事です
名不虛傳

頭が下がります
自嘆不如

誇りと喜びを感じます
感到驕傲和欣喜

大変勉強になりました
我（從你身上）學到了很多

見習わせていただきます
我想向你看齊

稱讚對方的才能

かなりの腕前とお見受けいたしました
見識到十分高超的技術

プロみたいです
和專業人士一樣

前よりも腕が上がりました
比以前進步了

部長の腕前には感服いたしました
部長的辦事手法讓人佩服

相変わらずお上手ですね
和以往一樣厲害

木工ができるなんてすごいです
還會做木工真是厲害

字がお上手ですね
字寫得真漂亮

想像以上の素晴らしい出来映えです
比想像中做得更好

稱讚公司

社員の方は、いつも礼儀正しいですね
員工都很彬彬有禮

御社には明るい人が多いです
貴公司的員工多半很開朗

スタッフの方が、生き生きとされています
工作人員都很有活力

御社の鈴木社長は、大変素晴らしい発想をお持ちです
貴公司鈴木社長，擁有十分優秀的想法

いつもご盛況ですね
一直都生意興隆呢

御社の新商品は、Z311が素晴らしいですね
貴公司的新產品Z311，非常棒

御社の技術力には、いつも頭が下がります
對貴公司的技術感到佩服

福利厚生が充実されており、羨ましいです
公司福利很好，讓人羨慕

☞ 請對方查收

お受け取りください
請點收／請收下

ご査収のほど、お願い申し上げます
請查收

よろしくご査収ください
請查收

ご査収ください
請查收

ご検収ください
請查收

ご査収の上、よろしくお願いします
敬請查収

ご査収の上、宜しくお取り計らいのほどお願い申し上げます
敬請查収

☞ 請對方笑納禮物

お納めくだされば 幸いに存じます
若能蒙您笑納實屬榮幸之至

ご笑納いただければ 幸いに存じます
若能蒙您笑納實屬榮幸之至

ご収受賜われば幸甚に存じます
若能蒙您笑納實屬榮幸之至

お納めいただければ、幸甚に存じます
若能蒙您笑納實屬榮幸之至

ご笑納ください
請笑納

ご受納ください
請笑納

お納めください
請笑納

☞ 收到貨品

着荷いたしました
<ruby>着荷<rt>ちゃっか</rt></ruby>いたしました
已經到貨

受け取りました
<ruby>受<rt>う</rt></ruby>け<ruby>取<rt>と</rt></ruby>りました
已收貨

受領しました
<ruby>受領<rt>じゅりょう</rt></ruby>しました
已收貨

拝受いたしました
<ruby>拝受<rt>はいじゅ</rt></ruby>いたしました
已收貨

本日到着いたしました
<ruby>本日到着<rt>ほんじつとうちゃく</rt></ruby>いたしました
今日已收到

本日確かに受け取りました
<ruby>本日<rt>ほんじつ</rt></ruby><ruby>確<rt>たし</rt></ruby>かに<ruby>受<rt>う</rt></ruby>け<ruby>取<rt>と</rt></ruby>りました
今日已確實收到

確かに受領しました
<ruby>確<rt>たし</rt></ruby>かに<ruby>受領<rt>じゅりょう</rt></ruby>しました
已確實收到

謹んで頂戴いたしました
<ruby>謹<rt>つつし</rt></ruby>んで<ruby>頂戴<rt>ちょうだい</rt></ruby>いたしました
抱著謹慎的心收下

☞ 收到禮物

<ruby>頂<rt>ちょう</rt></ruby><ruby>戴<rt>だい</rt></ruby>いたしました

收下了

お<ruby>言葉<rt>ことば</rt></ruby>に<ruby>甘<rt>あま</rt></ruby>えて<ruby>遠慮<rt>えんりょ</rt></ruby>なく、いただきます

那麼我就不客氣收下了

お<ruby>祝<rt>いわ</rt></ruby>い<ruby>謹<rt>つつし</rt></ruby>んで<ruby>頂<rt>ちょう</rt></ruby><ruby>戴<rt>だい</rt></ruby>いたしました

您的祝福我收到了

<ruby>納<rt>おさ</rt></ruby>めさせていただきます

收下了

<ruby>今日<rt>きょう</rt></ruby>は<ruby>大変為<rt>たいへんため</rt></ruby>になるお<ruby>話<rt>はなし</rt></ruby>を、<ruby>承<rt>うけたまわ</rt></ruby>りました

今天聽到了很有意義的話

<ruby>頂<rt>ちょう</rt></ruby><ruby>戴<rt>だい</rt></ruby>したコーヒーメーカーは、ずっと<ruby>大事<rt>だいじ</rt></ruby>に<ruby>使<rt>つか</rt></ruby>わせていただきます

您送我的咖啡機，我一直很小心地使用它

ご<ruby>丁寧<rt>ていねい</rt></ruby>なお<ruby>祝<rt>いわ</rt></ruby>いを<ruby>頂<rt>ちょう</rt></ruby><ruby>戴<rt>だい</rt></ruby>し、ありがとうございました

謝謝您充滿誠意的祝福

<ruby>受<rt>じゅ</rt></ruby><ruby>領<rt>りょう</rt></ruby>いたします

收下了

☞ 詢問狀況

いかがされたものかと案(あん)じております
不知道是怎麼了呢

いかがなりましたでしょうか
不知道是怎麼了呢

どのようになっているのでしょうか
不知道是怎麼了呢

それからどうなりましたか
之後怎麼樣呢

その後(ご)注文(ちゅうもん)の件(けん)は、いかがでしょうか
關於那筆訂單，後來怎麼了

注文(ちゅうもん)の件(けん)、その後(ご)なんの連絡(れんらく)もいただけず、いかがされたもの
かと案(あん)じております
關於那筆訂單，之後都不曾接到您的通知，不曉得狀況怎麼樣

催促(さいそく)がましいと、お思(おも)いでしょうが
您可能會覺得我的催促很煩，但是…

催促(さいそく)がましいことを申(もう)し上(あ)げますが
再三的催促很煩人，但是…

表示日期已過

本日現在まだ
<ruby>本<rt>ほん</rt></ruby><ruby>日<rt>じつ</rt></ruby><ruby>現<rt>げん</rt></ruby><ruby>在<rt>ざい</rt></ruby>まだ
直至今日尚未……

本日にいたっても
<ruby>本<rt>ほん</rt></ruby><ruby>日<rt>じつ</rt></ruby>にいたっても
即使到了今天

いまだに届いておりません
いまだに<ruby>届<rt>とど</rt></ruby>いておりません
到目前都還沒送到

本日3月13日になっても
<ruby>本<rt>ほん</rt></ruby><ruby>日<rt>じつ</rt></ruby>3<ruby>月<rt>がつ</rt></ruby>13<ruby>日<rt>にち</rt></ruby>になっても
即使直至今日3月13日

期日を過ぎた現在、いまだに
<ruby>期<rt>き</rt></ruby><ruby>日<rt>じつ</rt></ruby>を<ruby>過<rt>す</rt></ruby>ぎた<ruby>現<rt>げん</rt></ruby><ruby>在<rt>ざい</rt></ruby>、いまだに
即使是過了約定日期的今天

すでに大幅に日時を経過しております
すでに<ruby>大<rt>おお</rt></ruby><ruby>幅<rt>はば</rt></ruby>に<ruby>日<rt>にち</rt></ruby><ruby>時<rt>じ</rt></ruby>を<ruby>経<rt>けい</rt></ruby><ruby>過<rt>か</rt></ruby>しております
已經超過了很長一段時間了

確実な納期のご返事を、至急いただきたく存じます
<ruby>確<rt>かく</rt></ruby><ruby>実<rt>じつ</rt></ruby>な<ruby>納<rt>のう</rt></ruby><ruby>期<rt>き</rt></ruby>のご<ruby>返<rt>へん</rt></ruby><ruby>事<rt>じ</rt></ruby>を、<ruby>至<rt>し</rt></ruby><ruby>急<rt>きゅう</rt></ruby>いただきたく<ruby>存<rt>ぞん</rt></ruby>じます
希望可以快點告訴我確切的進貨日期

なにぶん納期も迫っております
なにぶん<ruby>納<rt>のう</rt></ruby><ruby>期<rt>き</rt></ruby>も<ruby>迫<rt>せま</rt></ruby>っております
進貨日已經快到了

抗議對方沒聯絡

ご連絡くださるご様子もないまま、幾日もすぎております
已經過了好幾天都沒有得到您的聯絡

いまだにご連絡に接しません
直到現在都還沒辦法與您聯絡上

なんらご連絡がありません
完全沒與我聯絡

期日までにご返答がない場合には、キャンセルさせていただきたく思います
如果到了約定的時間還沒得到回應的話，就會取消

ご連絡をいただけないまま、1週間が過ぎております
已經過了1星期，還沒收到您的聯絡

いまだに貴社からご回答をいただけず、お客様への対応に苦慮しております
至今未收到貴公司的回覆，讓我們無法回答客戶

確たるご回答をお待ちしております
靜候您的正式回覆

ご回答いただければ幸いです
希望能得到您的回應

體諒對方

何^{なに}かの手違^{てちが}いかとは存^{ぞん}じますが

雖然覺得可能中間出了什麼錯

御社^{おんしゃ}にも何^{なに}かとご都合^{つごう}がございましょうが

也許是貴公司有什麼不方便的地方

ご多忙^{たぼう}のためご失念^{しつねん}かと存^{ぞん}じますが

可能是因為您太忙所以忘了

ご多忙^{たぼう}のためご送付^{そうふ}もれになっているのではないかと存^{ぞん}じますが

我想應該是因為您太忙了才忘了送來

ご多忙^{たぼう}のためと拝察^{はいさつ}いたしますが

我知道您很忙，但…

ご承知^{しょうち}いただいていると思^{おも}いますが

我想您應該知道

いろいろとご事情^{じじょう}はおありでしょうが

我想您應該也有一些苦衷

急^{いそ}ぐ必要^{ひつよう}はないかと思^{おも}いますが

雖然不是那麼急

表示自己的困擾

大変困惑いたしております
造成在下莫大的困擾

弊社といたしましても事務処理のうえで支障を生じます
對於敝公司來説在事務處理上也造成不便

困惑しております
感到困擾

どうしたものかと苦慮している次第です
因為一直思考著到底是發生了什麼事

途方にくれております
想不出任何辦法了

誠に困惑するばかりです
真的覺得很困擾

大変心外です
覺得十分失望

少々困惑しております
我覺得有點困擾

要求對方處理

早急にご手配くださいますようお願い申し上げます

請盡速做處理

3日間以内に金額のご送金をお願いいたしたいと存じます

請在3天內付款

本日中にご連絡くださいますよう、よろしくお願い申し上げます

請在今日內聯絡

ご確認のうえ、お支払いくださいますようお願い申し上げます

請在確認後進行付款

本メール着信後、即刻ご連絡ください

收到本電子郵件後，請立即聯絡

迅速に連絡くださるよう、お願い申し上げます

請盡速與我們聯絡

誠意ある処置をしていただきますよう、お願い申し上げます

請有誠意的處理這件事

☞ 要求回答

ご回答をお待ちしております
等待您的回覆

ご回答をお願いいたします
請您回覆

折り返しなにぶんのご回答を承りたく、ご連絡のほどお願い
申し上げます
希望很快得到您的回答，請與我們聯絡

ご事情についてご解答いただけますよう、おねがいもうしあげま
す
關於這件事請為我解答

何日ごろご回答いただけますか、ご連絡のほどお願い申し上げま
す
請聯絡我告知大約幾號可知道答案

確実な納期のご返事を、至急いただきたく存じます。
請盡早回覆確切的進貨日期

ご回答いただきますようお願いいたします
希望能得到回覆

警告

最後の手段をとることにいたしますので
只好付諸最後的手段

しかるべき方法に訴えるほかございませんので
只好付諸最後的手段

何らかの処置をとらざるを得ませんので
只好付諸最後的手段

止むを得ず、法的措置に訴えることになろうかと思われます
我們迫不得已只好採取法律措施

今後の推移次第では、弊社の顧問弁護士とも相談したうえで、しかるべき対応いたす所存でございます
依事情今後的發展，我們會和法律顧問商討後，採取適當的對策

本意ではありませんが、御社との取引を停止せざるを得ません
雖然不願意，但我們也只好停止與貴公司往來

法律上の手続きをとる所存でございます
我們會採取法律措施

今後このようなことがないように、十分な注意を喚起する次第です
請您多加注意，以後不要再發生相同的事情

今後の推移次第では、なんらかの措置をとりたいと思います

依今後事情的發展，我們會採取應有的措施

万一、13日までにご入金がない場合は、キャンセルさせていただきます

如果到13日都還沒收到錢，請容我取消

他の人から苦情が出る前にやめてください

在別人抗議前請快停手

この件は、御社だけに責任があるとは思いませんが

這件事雖然不全是貴公司的責任，但…

大変不快ですので、二度と言わないでください

我覺得很不開心，不准再説第二次

この際はっきり申し上げますが、キャンセルされるのは非常に迷惑です

我想告訴你，取消對我來説十分困擾

それは、犯罪です

那是犯罪行為

不愉快でとても堪えられません。

我覺得非常不開心

想拜訪對方

もし、田中様のご都合がよければ、お目にかかりたいのですが
如果田中先生時間許可的話，我想親自前往拜訪

是非、研究室を訪問させていただければと考えています
希望能到研究室拜訪

日程などは先生のご都合に合わせるようにいたしますので
時間日期就讓老師您決定

研究室訪問を許可していただきたいと願っています
希望能前去研究室拜訪

近日中に御社にご挨拶にお伺いしたいと考えております
近日內想到貴公司拜訪

ご都合がよろしければ、15日にさせていただきたいのですがいか

がですか
時間許可的話，希望15日能前去拜訪

先方は明朝を希望していますが、ご都合はいかがですか
對方希望是明天早上，您的時間方便嗎

御社へ伺いたいのですが、いつがよろしいでしょうか
我想到貴公司拜訪，請問何時方便呢

問候 告知 介紹

E-mail

範例集

請求拜訪教授

件名：研究室ご訪問のお願い

図書大学教育学部日本語教育学科
杉村先生

突然のご連絡で失礼いたします。
永続大学教育学部日本語教育学科3年生の"鈴木恵美"と申します。
貴研究室のホームページを拝見いたしまして
杉村先生の研究に興味をもち、
お話をうかがいたく、ご連絡差し上げた次第です。

私は日本語教育の研究をしたいと考え、
博士前期課程への進学を希望しております。
よろしければ、先生の研究につきましてお話をうかがいたく、
お時間頂戴することは可能でしょうか。

お忙しいなかお手数をおかけしまして大変恐れ入りますが、
どうぞ宜しくお願い申し上げます。

請求拜訪教授－中譯

主旨：請求前往研究室拜訪

圖書大學教育學部日本語教育學科

杉村老師

很冒昧突然聯絡您

我是永續大學教育學部日本語教育學科3年級的鈴木惠美。

因為看了貴研究室的網頁，對杉村老師的研究很有興趣，

想要和老師請教，於是與您聯絡。

我將來想從事日語教育，

所以希望能攻讀碩士。

可能的話，希望能就老師的研究向您請教，

不知老師是否有空？

在老師百忙之中麻煩老師了，

請老師多指教。

☞ 告知就業

木村ひろし 様

いつもお世話になっております。
私は、この度永続大学経営学部を卒業しまして
株式会社永続図書営業部で勤務いたすこととなりました。
このうえは、一日も早く仕事に慣れ、
お客様に信頼されるよう精進してまいる所存です。

今後ともかわらぬご指導、ご鞭撻を賜りますようお願いいたします。
略儀ながらメールにてご挨拶を申し上げます。

告知就業－中譯

木村弘先生

一直以來受您照顧了。

我已經從永續大學企管部畢業，

將要進入永續圖書股份有限公司的業務部工作。

將來希望能早日進入工作狀況，

努力得到顧客的信賴。

今後也請您不吝給予指導鞭策。

僅以此郵件向您告知並送上問候。

年末問候

件名：年末の挨拶

永続株式会社管理部
木村ひろし 様

ガーデン販売株式会社営業部高橋でございます。

本年も大変お世話になりました。
お蔭様で、スタッフ一同、平和なお正月を迎えられそうです。

年内の業務は、明日で無事完了の予定。
来年は1月10日からのスタートということに。
例の打ち合わせが入っていますので、よろしくお願いします。

それでは、良い年をお迎えください。

🖙 年末問候－中譯

主旨：年末問候

永續股份公司管理部

木村弘先生

我是雅典購物公司業務部的高橋。

今年也受到您很多照顧。

託您的福，今年敝公司全體同仁也能過個好年。

今年的一切業務，預計在明天完成。

明年預計在1月10日開始正常營業。

之前提過的會議將於那天舉行，屆時敬請出席。

在此祝您有美好的一年。

恭賀新禧

件名：明けましておめでとうございます

永続株式会社管理部
木村ひろし様

新年明けましておめでとうございます

ガーデン販売株式会社営業部高橋でございます。

昨年は格別のお引き立てに与りまして
衷心より御礼を申し上げます。
本年も貴社ご発展のお役に立てますよう
生産性と信頼性の高いシステム開発に邁進いたします。
何卒倍旧のご愛顧を賜りますよう
よろしくお願い申し上げます。

☞ 恭賀新禧－中譯

主旨：恭賀新禧

永續股份公司管理部

木村弘先生

恭賀新禧

我是雅典販賣公司業務部的高橋。

去年承蒙你的厚愛，

在此表示感謝。

今年公司也將以對貴公司的發展有幫助為目的，

繼續投入在開發高生產性和高可靠度的系統上。

敬請給予惠顧，

請多多指教。

☞ 暑期問候

件名：暑中お見舞い申し上げます

永続株式会社管理部の皆様

暑中お見舞い申し上げます。

ガーデン販売株式会社営業部高橋でございます。

炎暑きびしき折、皆様にはお元気にてお過ごしのことと
お喜び申し上げます。

お引き立てに与りまして衷心より御礼を申し上げます。
今後とも懇親なるお付き合いのほど宜しく願い申し上げます。

末筆ながら皆様のご健勝をお祈り致しております。

暑期問候－中譯

主旨：暑期問候

永續股份公司管理部的各位

在此送上暑期問候

我是雅典販賣公司業務部的高橋。

在此炎炎夏日之時，看到各位過得健康順遂，
在此表示高興與祝福。

謝謝您給予厚愛，在此衷心感謝。
今後也請繼續惠顧。

最後祝福各位身體健康。

搬家通知

件名：引越しのお知らせ

春めいてまいりましたが、

皆様におかれましては、ますますご健勝のことと存じます。

さて、このたび私どもは下記にへ引越しました。

近くには、桜で有名な上野公園があり、閑静な住宅街といっ

たところです。

近くへお寄りの節は、ぜひご一報ください。

皆様のお越しをお待ちしております。

平成25年12月12日

佐藤正義

　　　はるみ

新住所

〒899-0011愛知県名古屋市昭和町4番1号

電話番号000-000-0000

搬家通知－中譯

主旨：搬家通知

到處都充滿了春天的氣息，

相信大家都能過著健康有活力的生活。

最近我們搬家到下列地址了。

附近有以櫻花著名的上野公園，是很安靜的住宅區。

如果到附近來的話，請務必通知我們。

期待大家能夠來寒舍一遊。

平成25年12月12日

佐藤正義

　　春美

新地址

〒899-0011愛知縣名古屋市昭和町4番1

電話000-000-0000

調職通知

件名：本社へ転勤のご挨拶

いつも大変お世話になっております。

私 このたび、3月11日付けで、

本社営業部に転勤することになりました。

台北営業部在任中は大変お世話になりました。

改めて、お礼申し上げます。

急な辞令で、直接ご挨拶に伺うこともままならず、

申し訳なく思っております。

今後は新任地におきまして、

新しい職務に努力してまいります。

今後とも一層のお引き立てのほど、

よろしくお願いいたします。

メールにて恐縮ですが、

取り急ぎお礼かたがたご挨拶申し上げます。

調職通知－中譯

主旨：調職至總公司之通知

一直承蒙您的照顧。

我將在3月11日調往總公司服務，

在台北分部任職的期間，承蒙您的照顧，

特此再次表達我的謝意。

由於調職的命令十分倉促，以致無法親自前往告知，

著實感到十分抱歉。

今後我將在新的工作崗位上努力付出，

也請您在工作上多所照顧，

萬事拜託。

特此告知

📢 離職通知

件名：退社のご挨拶

永続株式会社管理部
木村ひろし様

ガーデン販売株式会社営業部佐藤です。
お世話になっております。

さて、私 このたび、
3月1日で、ガーデン販売株式会社を
退社することになりました。

在職中は、さまざまなお力添えをいただき、
本当にありがとうございました。
三年間、無事勤めてこられましたのも、
皆様の温かいご支援、ご指導のおかげと感謝しております。

なお、今後につきましては未定の状態です。

いずれ、落ち着きましたら、

改めてご連絡させていただきたいと思っております。

今後とも引き続き、ご指導、ご鞭撻のほど、

よろしくお願いいたします。

本来であれば、お伺いして

ご挨拶申し上げるべきところですが、

取り急ぎのご報告、メールにて失礼します。

📧 離職通知－中譯

主旨：離職告知

永續股份有限公司管理部
木村宏先生

我是雅典購物公司營業部的佐藤。
一直承蒙您的照顧。

我將於3月11日從雅典購物公司離職

在職的期間，受到您各種協助，
我衷心感謝。
在職的三年間，能夠順利一路走來，
都是因為有各位溫暖的支持與指導，
我銘感在心。

此外，日後的人生規劃尚未確定。

待一切穩定後，

會再次與您聯絡。

今後也請多多指教。

本該親自拜訪告知，

抱歉因時間緊迫，僅以此電子郵件通知。

負責人員變更通知

件名：営業担当者変更のご挨拶
（えいぎょうたんとうしゃへんこう　あいさつ）

お取引先各位
（とりひきさきかくい）

ガーデン販売株式会社営業部佐藤正義と申します。
（はんばいかぶしきがいしゃえいぎょうぶさとうまさよし　もう）

平素は、お引き立てを賜り厚くお礼申し上げます。
（へいそ　ひ　た　たまわ　あつ　れいもう　あ）

さて、御社の担当させていただいておりました
（おんしゃ　たんとう）

大熊真一は、本人都合により再来月で
（おおくましんいち　ほんにんつごう　さらいげつ）

退社することになりました。
（たいしゃ）

後任として１０月１日より山崎裕也が
（こうにん　じゅうがつついたち　やまさきゆうや）

御社の担当窓口になり、ご用命を承ります。
（おんしゃ　たんとうまどぐち　ようめい　うけたまわ）

前任者同様お引き立てのほど、
（ぜんにんしゃどうよう　ひ　た）

どうぞよろしくお願いいたします。
（ねが）

近日中改めて山崎を連れご挨拶にお伺いいたし、
（きんじつちゅうあらた　やまさき　つ　あいさつ　うかが）

ご挨拶申し上げる予定です。
（あいさつもう　あ　よてい）

まずはメールにてのお知らせで失礼いたしました。
（し　しつれい）

☞ 負責人員變更通知－中譯

主旨：營業部窗口變更通知

各位：

我是雅典販賣股份有限公司營業部的佐藤正義。

平日受到各位的照顧，在此先表示謝忱。

擔任貴社對應窗口的大熊真一，

由於個人因素，將於下下個月離職。

貴公司之對應窗口將在10月1日起，

改由山崎裕也負責。

懇請也給予同樣的支持和指教。

近日我將帶山崎前往貴社，

進行拜訪與問候。

特此告知。

開店通知

件名：ガーデン販売株式会社設立のご挨拶

暖かくなってまいりましたが、
皆様いかがお過ごしでしょうか。
開業のご挨拶です。

このたび私たちは、
通信販売業務を行う「ガーデン販売株式会社」を
設立いたしました。

歩みだしたばかりの未熟な会社ですので、
なにどぞ、よろしくご指導のほど
お願いいたします。

ウェブサイトをオープンいたしましたので、
どうぞ、一度ご訪問くださいませ。

http://hanbai.coo.jp/

まずは取り急ぎ、開業のご挨拶まで。

☞ 開店通知－中譯

主旨：「雅典購物股份有限公司」成立通知

天氣已漸漸轉暖，

各位是否安泰？

在此致上開業通知。

此次我們成立了

網路購物業務為主的雅典購物有限公司。

公司正值草創，

還請多多不吝指教。

在此懇請惠予支持。

公司網站已架設完成，

請務必前往一訪。

http://hanbai.coo.jp/

特此專函告知。

📧 辦公室遷移通知

件名：事務所移転のお知らせ

永続株式会社管理部
木村ひろし様

ガーデン販売株式会社営業部佐藤です。
平素はお引き立てお賜り御礼申し上げます。

このたび、当社の東京事務所は
業務拡張のため下記へ移転します。

連絡先の変更等お手数あいだおかけしますが、
何卒よろしくお願い申し上げます。

メールにて恐縮ですが、
取り急ぎご挨拶申し上げます。

---------ガーデン販売株式会社東京事務所---------
新住所：東京都豊島区大山通り1－2－3ガーデンビル

最寄駅：JR山手線池袋駅徒歩3分

電話：00－0000－0000

FAX：00－0000－0001

E-MAIL：user@yahooo.co.jp（変更なし）

［営業開始日］

＊10月10日まで、旧電話番後に連絡可能です。

―――――――――――――――――――――――――――――――

移転先の地図はホームページ上でご覧いただけます。

URL：http://hanbai.coo.jp/

■ 辦公室遷移通知－中譯

主旨：辦公室遷移通知

永續股份有限公司管理部

木村宏先生

我是雅典購物公司營業部的佐藤。

平日承蒙您的照顧特此致上謝忱。

近日本公司東京辦公室將因應業務擴張，

遷移至下記地址。

聯絡方式等煩請您加以變更，

請多多指教。

特此專函告知。

--------雅典購物股份有限公司東京辦公室--------

新住所：東京都豊島 大山通 1－2－3

最寄 ：JR山手線池袋站徒步3分鐘

電話：00－0000－0000

FAX：00－0000－0001

E-MAIL:user@yahooo.co.jp（沒有變更）

［業開始日］

＊10月10日前原電話仍可使用。

新辦公室之交通方式可參照敝公司網頁。

URL:http://hanbai.coo.jp/

☞ 暫時休業通知

件名：臨時休業のお知らせ

当社はこのたび、
3月16日～3月22日の間、
社員旅行を行います。
この間、誠に勝てながら、
臨時休業とさせていただきます。

休業中はご迷惑をおかけしますが、
何卒、ご了承くださいますよう
お願いいたします。

なお、緊急のご連絡は、
携帯電話（000－000－0003）までお願いいたします。

メールにて恐縮ですが、
取り急ぎお知らせまで。

☞ 暫時休業通知－中譯

主旨：臨時休業通知

敝社將於３月１６日～３月２２日間進行員工旅遊，

期間內將暫停營業，

請多包涵。

暫停營業期間造成貴社之不便，

還請多多海涵原諒。

期間若需聯絡緊急事項，

請撥手機：000-000-0003

特此告知

3分鐘立即搞定！

拍賣購物
E-mail
範例集

☞ 聯絡得標者（1）

件名：「限定ポスター」落札の件

ID：123456様

はじめまして。出品者のID：654321こと田中と申します。
この度はご落札いただき有難うございます。
取引終了までよろしくお願い致します。

ご落札品は「限定ポスター」、落札額は3,500円となりますが
お間違いございませんでしょうか。

よろしいようでしたら、
上記落札額に送料を加えた金額を
下記口座にご入金いただき、
123456様のご住所・ご氏名・電話番号をご連絡下さい。

○送料について
1. 定形外郵便での発送の場合：
送料は390円となります。
2. ゆうパックでの発送の場合：

60サイズ、東京23区内発の料金となります。
なお、配達時間帯指定のご希望がありましたらお伝えください。

ご入金は以下の口座にお願いいたします。

ゆうちょ銀行渋谷支店
普通1234567
タナカケイジ

それでは、ご入金とご連絡をよろしくお願い致します。
ご入金が確認できしだい、
品物を発送致します。
不明な点などございましたら
お気軽にお尋ねください。

聯絡得標者（1）－中譯

主旨：「限量海報」得標通知

ID：123456得標者

您好。我是賣家ID：654321，敝姓田中。

謝謝您這次下標本商品。

到交易結束前，請多多指教。

這次得標商品是「限量海報」，

得標價為3500日圓，請您確認是否正確。

若無誤的話，請依上列得標金額匯入下列帳號，

再請您告知地址、姓名和電話。

○關於運費

1規格外郵件寄送：

運費為390日圓。

2郵局便利箱寄送：

尺寸為60（長寬高合計為60公分以內），發送地為東京23區之運費。

另外，若需指定時間請事先告知。

金額請匯入下列帳號。

郵局銀行澀谷分店

一般儲金1234567

田中健二

那麼，就請您匯款後聯絡。

一旦確認已匯款，就會寄出商品。

若還有不清楚的地方，請盡管發問。

件名：「限定ポスター」落札の件

ID：123456様

はじめまして。出品者のID：654321こと田中と申します。
この度はご落札いただきありがとうございます。
取引終了までよろしくお願い致します。

ご落札品は「限定ポスター」、
落札額は3,500円となりますが
お間違いございませんでしょうか。

よろしいようでしたら、
以下からご希望の発送方法と支払方法をお選びいただき、
ID：123456様のご住所・ご氏名・電話番号とともにご連絡下さい。
折り返し口座番号等をご連絡いたします。

○送料について
1.定形外郵便での発送の場合：

送料は390円となります。

2.ゆうパックでの発送の場合：

60サイズ、東京23区内発の料金となります。

なお、配達時間帯指定のご希望がありましたらお伝えください。

〇支払い方法について

1.ゆうちょ銀行振込

2.ロッテ銀行振込

3.代金引換（宅急便）

以上の中からお選びください。

それでは、ご連絡をよろしくお願い致します。

不明な点などございましたらお

気軽にお尋ねください。

👉 聯絡得標者（2）－中譯

主旨：「限量海報」得標通知

ID：123456得標者

您好。我是賣家ID：654321，敝姓田中。

謝謝您這次下標本商品。

到交易結束前，請多多指教。

這次得標商品是「限量海報」，

得標價為3500日圓，請您確認是否正確。

若無誤的話，

請選擇下列的寄送方式和付款方式，

再請您告知地址、姓名和電話。

我之後會附上匯款帳號等資訊。

○關於運費

1規格外郵件寄送：

運費為390日圓。

2郵局便利箱寄送：

尺寸為60（長寬高合計為60公分以內），發送地為東京23區之運費。

另外，若需指定時間請事先告知。

○付款方式

1. 郵局

2. 樂天銀行

3. 貨到付款

請從上列選擇

那麼，就等候您的回覆。

若還有不清楚的地方，請盡管發問。

☞ 聯絡賣家（1）

件名：「限定ポスター」落札の件

はじめまして。「限定ポスター」を落札いたしましたID123456こと鈴木と申します。
どうぞよろしくお願い致します。

まず発送方法についてですが、ゆうパックでお願いしたいと思います。
配達時間指定は午前でお願いします。
入　金については、銀行へ振り込みたいと思います。

こちらの住所等は下記の通りです。
それでは、引き続きご連絡をよろしくお願い致します。

〒123-4567
大阪市中央区大手前2-2-2
鈴木次朗

tel:090-1234-5678

🖙 聯絡賣家（1）－中譯

主旨：「限量海報」得標

您好。我是「限量海報」得標者ID123456敝姓鈴木。

請多多指教。

首先關於寄送方式，請用郵局便利箱寄送。

配送時間指定為上午。

匯款方式我想選擇銀行匯款。

我的地址如下，

那麼就麻煩您回信。

〒123-4567

大阪市中央 大手前2-2-2

鈴木次朗

tel:090-1234-5678

☞ 聯絡賣家（2）

件名：「限定ポスター」落札の件

はじめまして。「限定ポスター」を落札いたしましたID123456こと鈴木と申します。
どうぞよろしくお願い致します。

まず発送方法についてですが、宅急便でお願いしたいと思います。
入金の方ですが、既にご指定のロッテ銀行の口座に合計3,890円を振り込みいたしました。ご確認ください。

こちらの住所等は下記の通りです。
それでは、発送の方をよろしくお願い致します。

_____

〒123-4567
大阪市中央区大手前2-2-2
鈴木次朗

tel:090-1234-5678

☞ 聯絡賣家（2）－中譯

主旨：「限量海報」得標

您好，我是「限量海報」的得標者ID123456，敝姓鈴木。

請多多指教。

首先關於寄送方式，我要選宅急便。

款項合計3890日圓已匯入你指定的樂天銀行帳戶。

請您查照。

我的地址如下，

再麻煩您出貨。

〒123-4567

大阪市中央 大手前2-2-2

鈴木次朗

tel:090-1234-5678

請買家匯款

件名：「限定ポスター」落札の件

「限定ポスター」出品者の田中です。
ご連絡ありがとうございます。

ゆうパックでの発送ということですので、
ご入金いただく金額は、
落札額3,500円+大阪までのゆうパック送料800円、
合計4,300円となります。

ご入金いただく口座はこちらになります。

ロッテ銀行沖縄支店
普通7654321

タナカタロウ

ご入金が完了しましたら、
その旨をご連絡いただきますようお願いいたします。
それでは、よろしくお願いいたします。

請買家匯款－中譯

主旨：「限量海報」得標

我是「限量海報」賣家田中。

謝謝您來信聯絡。

你指定的郵局便利箱寄送方法，合計金額為：

得標價3500日圓+寄至大阪的運費800圓，合計為4300日圓。

請匯至下列帳戶：

樂天銀行沖繩分行

一般儲金7654321

田中太郎

匯款完成後，請來信聯絡。

那麼就麻煩您了。

通知匯款完成

件名：振込完了
（ふりこみかんりょう）

田中様
（たなかさま）

こんにちは。
「限定ポスター」を落札いたしました鈴木です。
（げんてい）（らくさつ）（すずき）

本日入金を完了いたしました。
（ほんじつにゅうきん）（かんりょう）
ご確認いただき、発送をお願いいたします。
（かくにん）（はっそう）（ねが）

ID：123456
鈴木次郎
（すずきじろう）

📢 通知匯款完成－中譯

田中先生

您好，我是「限家海報」的得標者鈴木。

今天已將款項匯入。

請你確認匯款後進行寄送。

ID：123456

鈴木次郎

出貨通知

件名：発送のお知らせ

鈴木様

こんにちは。「限定ポスター」出品者の田中です。
ご入金が確認できましたので、
本日品物を発送いたしました。
到着しましたら、評価で結構ですので
ご連絡いただきますようお願いいたします。

今回はいい取引をさせていただき、
誠に有難うございました。
また機会がありましたら、
よろしくお願いいたします。

それでは。

☞ 出貨通知－中譯

主旨：出貨通知

鈴木先生

您好，我是「限量海報」賣家田中。

已確認收到您的匯款，

今日將商品寄出了。

收到商品後，

請用評價的方式告知一聲。

很高興這次能成功完成交易。

希望下次還有機會合作。

謹此。

已到貨通知（1）

件名：「限定ポスター」無事受け取りました

田中様

こんにちは。「限定ポスター」を落札いたしました鈴木です。

本日、商品を受け取りました。

大変ご丁寧に梱包していただきまして、

どうもありがとうございます。

お蔭様で、品物の状態はとても良好です。

それに、品物のすみずみまでとても綺麗で、

田中様が大切になさっていたことがよく分かります。

なお、なるべく早くページに評価を入れさせてもらいます。

今回は良い買い物をさせていただきまして、

本当にありがとうございました。

またご縁がございましたら、

なにとぞよろしくお願いいたします。

已到貨通知（1）－中譯

主旨：「限量海報」商品已收到

田中先生

您好，我是「限量海報」得標者鈴木。

今天已收到商品。

謝謝您將商品包裝得很仔細，

託您的福，商品的狀況十分良好。

從商品狀態非常乾淨良好看來，

可以知道您將商品保存得很好。

另外我會盡早在網頁給予評價。

這次能順利完成交易，

真的很感謝您。

希望將來還有機會能合作。

📢 已到貨通知（2）

件名：「X113」受領しました

永続株式会社管理部
木村ひろし 様

ガーデン販売株式会社営業部佐藤です。

いつもお世話になっております。

先日、急ぎでお願いした商品「X113」は、
本日店舗に到着しましたので、お知らせします。

お蔭様で、明日からのキャンペーンの準備も万全に整い、
後はお客様を待つばかりとなりました。
明日からの販売応援も、何卒よろしくお願い申し上げます。

以上、取り急ぎご報告まで。

☞ 已到貨通知（2）－中譯

主旨：商品「X113」已到貨

永續股份有限公司管理部

木村宏先生

我是雅典購物公司營業部的佐藤。

一直承蒙您的照顧。

前些日子緊急向貴公司訂購的「X113」，

已於今日送達。

多虧貴公司的鼎力幫助，

本次的活動已經準備完成，

只待客人來場。

明天開始的活動，也請多多指教支持。

特此告知

📖 退貨

件名：返品希望（へんぴんきぼう）

田中様（たなかさま）

7月15日（がつにち）に下記商品を注文（かきしょうひんちゅうもん）した佐藤二郎（さとうじろう）です。
7月22日（がつにち）に注文商品（ちゅうもんしょうひん）を受（う）け取（と）りましたが、都合（つごう）により返品（へんぴん）を希望（きぼう）します。

【ID】123456
【住所（じゅうしょ）】000-0000東京都中央区日本橋（とうきょうとちゅうおうくにほんばし）0-0-1
【返品希望商品（へんぴんきぼうしょうひん）】
・注文番号（ちゅうもんばんごう）20130715
・商品番号（しょうひんばんごう）AB123456
・商品名限定（しょうひんめいげんてい）ポスター
・送（おく）り状番号（じょうばんごう）213-546-0123

返品商品（へんぴんしょうひん）は以上（いじょう）1点（てん）です。
商品（しょうひん）の返却方法（へんきゃくほうほう）などについてメールにてお知（し）らせください。
ご面倒（めんどう）をおかけしますが、よろしくお願（ねが）いします。

☞ 退貨－中譯

主旨：退貨

田中先生

我是佐藤二郎，在7月15日訂了下列商品。

商品已於7月22日收到，但因為個人原因我想要退貨。

【ID】123456

【地址】000-0000東京都中央 日本橋0-0-1

【退貨商品】

　・訂單號碼20130715

　・商品編號AB123456

　・商品名稱限量海報

　・出貨編號213-546-0123

欲退貨的商品為以上1項。

請用mail告知商品的退貨方法。

造成您的困擾，請多多包涵。

☞ 型録、資料寄送通知

件名：「X113」資料送付のご案内

永続株式会社管理部

木村ひろし 様

ガーデン販売株式会社営業部佐藤です。

いつもお世話になっております。

先日は弊社商品「X113」についてお問い合わせいただき、

ありがとうございました。

本日、商品の資料を郵送にてお送りしました。

よろしくご査収ください。

商品内容その他につきましてご不明の点などありましたら、

弊社営業部佐藤（000−000−0000）まで

ご連絡くださいますようお願い申し上げます。

何卒詳細にご検討くださいますようお願い申し上げます。

📨 型錄、資料寄送通知－中譯

主旨：「X113」資料寄送通知

永續股份有限公司管理部

木村宏先生

我是雅典購物公司營業部的佐藤。

承蒙您的照顧。

感謝貴公司詢問敝社產品「X113」。

敝社已於今日將產品資料以郵寄方式寄出，

敬請查照。

對於商品內容或其他地方有疑問時，

歡迎致電敝社業務部佐藤（000-000-0000）詢問。

敬請參閱討論。

特此告知。

☞ 訂房

件名：予約をお願いします

ビジネスホテル
宿泊係御中

12月22日から4泊したいのですが、
下記のように予約できますか。

日程：12月22日～26日4泊
人数：4人（ツイン2部屋）
食事：2食付きでお願いします

22日の到着は午後3時ごろになります。
できれば禁煙フロアでお願いします。

よろしくお願いいたします。

👉 訂房－中譯

主旨：訂房

商務飯店

住宿負責人

我想從12月22日起住4晚，

請問是否能預約如下列條件的房間。

日期：12月22日~26日4晚

人數：4人（2間雙人房）

餐飲：附早晚餐

到達時間約為22日下午3點。

請盡量為我們安排禁菸樓層。

麻煩你了。

☞ 請求提前交貨

件名：納期短縮（のうきたんしゅく）のお願（ねが）い

永続株式会社管理部（えいぞくかぶしきがいしゃかんりぶ）
木村（きむら）ひろし様（さま）

ガーデン販売株式会社営業部佐藤（はんばいかぶしきがいしゃえいぎょうぶさとう）です。

いつもお世話（せわ）になっております。

さて、早速（さっそく）ですが、

5月10日付けで注文（がつ）（ちゅうもん）いたしました

「X113」（数量（すうりょう）：300個（こ））につきまして、

売れ行き好調（う）（ゆ）（こうちょう）につき、

当初予定（とうしょよてい）より

1週間（しゅうかん）ほど納期（のうき）を短縮（たんしゅく）いただきたく存（ぞん）じます。

何（なに）とぞ、弊社（へいしゃ）の事情（じじょう）をご了承（りょうしょう）のうえ、

よろしくお願（ねが）い申（もう）し上（あ）げます。

まずは、取り急（と）（いそ）ぎお願（ねが）い申（もう）し上（あ）げます

請求提前交貨－中譯

主旨：請求提前交貨

永續股份有限公司管理部

木村宏先生

我是雅典購物公司營業部的佐藤。

承蒙您的照顧。

關於敝公司於5月10日所訂購之商品「X113」（數量：300個），

由於販賣狀況超乎預期，

故進貨日期預計需提前一週左右。

懇請考量敝公司之需求予以調整。

特此請託。

☛ 請求寄送請款單

件名：請求書送付のお願い

ガーデン販売株式会社営業部佐藤です。

いつもお世話になっております。

さて、5月12日貴社納品の品代金請求書が、

未だに到着しておりません。

至急ご調査のうえ、

ご送付くださいますようお願いいたします。

なお、当社より貴社へのお支払いは、

毎月末日締め翌月5日支払いとさせていただいております。

月末までに当社へ請求書が届いておりませんと、

恐縮ではございますが、

お支払いは再来月になってしまいますので、

その旨あらかじめご承知おきください。

まずはお願いまで。

請求寄送請款單－中譯

主旨：請寄送請款單

我是雅典購物公司營業部的佐藤。

承蒙您的照顧。

關於向貴公司購買商品之請款單，

目前尚未收到。

請盡速查詢後寄至敝公司。

此外，敝公司的結帳日為每月最後一天，

並於隔月5日進行付款動作。

若本月底尚未收到貴公司之請款單，

恐怕無法如期進行支付，

而需等到再隔月之付款日。

請貴公司能理解。

特此告知。

☞ 請求寄送收據

件名：領収書送付のお願い

ガーデン販売株式会社営業部佐藤です。

いつもお世話になっております。

早速ながら、去る5月12日にお支払いいたしました

品代金30万円の領収書が、

木たに到着しておりません。

お手数ですが

至急ご調査のうえご送付いただけますよう

お願いいたします。

本メールと行き違いにて、

すでにお送りいただいていました場合には、

悪しからずご容赦のほどをお願いいたします。

取り急ぎお願いまで。

請求寄送收據－中譯

主旨：請寄送收據

我是雅典購物公司營業部的佐藤。

承蒙您的照顧。

關於敝公司於5月12日支付之款項30萬日圓，

敝公司至今尚未收到收據。

煩請貴公司盡速確認並寄送。

若貴公司已將收據寄出，

則無需理會此函並請多包涵。

特此告知。

又快又不失禮，
一本在手萬事通！

以後對日文書信絕不再頭大！！

致謝
E-mail
範例集

收到禮物後致謝

件名：プレゼントのお礼（れい）

田中様（たなかさま）

佐藤（さとう）えみです。いつもお世話（せわ）になっております。

このほどは大変（たいへん）に美味（おい）しいメロンをいただき、
恐縮（きょうしゅく）に存（ぞん）じます。
厚（あつ）くお礼（れい）申（もう）し上（あ）げます。
お心遣（こころづか）いに対（たい）し、深（ふか）くお礼（れいもう）申し上（あ）げます。

お時間（じかん）がございましたら是非（ぜひ）こちらの方（ほう）にも遊（あそ）びにいらして下さい。
おかまいはできませんが、楽（たの）しみに待（ま）っております。

お礼（れい）のしるしまでに粗品（そしな）をお送（おく）り致（いた）しますので、
ご笑納（しょうのう）下（くだ）されば幸（さいわ）いと存（ぞん）じます。

まずはメールをもちましてお礼（れいもう）申し上（あ）げます。

收到禮物後致謝－中譯

主旨：感謝您的禮物

田中先生

我是佐藤惠美。謝謝您平日的照顧。

這次從您那兒收到了非常美味的哈蜜瓜，實在很惶恐。

在此表示感謝。

衷心感謝您對我的厚愛。

如果有空的話，請務必到寒舍一遊。

雖然沒有什麼好招待的，但很期待您的到訪。

我會再送上小小的回禮，

屆時請您笑納。

特此專函。

☞ 收到資料後的致謝

件名：「X113」仕様書きご送付のお礼

ガーデン販売株式会社営業部佐藤です。

いつもお世話になっております。

先日依頼いたしました「X113」の仕様書き、

本日受け取りました。

早速お送りいただき、

ありがとうございました。

おかげさまで、

開発作業がぐんとはかどりそうです。

仕様書きは、作業終了後

返却の期日内に速やかに返却いたします。

メールにて恐縮ですが、

取り急ぎ受領の報告とお礼まで。

收到資料後的致謝－中譯

主旨：感謝提供「X113」規格明細表

我是雅典購物公司營業部的佐藤。

承蒙您的照顧。

前些日子委託您的「X113」規格明細表，

已於本日收到。

感謝您迅速的對應寄送。

托您的福，

開發作業的進度也有長足的進步。

規格明細表將在作業完成後，

於歸還期限內盡速返還。

特此報告並致謝。

向寄宿家庭致謝

件名：ありがとうございます

佐藤様

ジョイです。
ホームステイの 間 、大変お世話になりました。
ありがとうございます。

お祭りは初めてだったのでとても面白かったし、
いろんな場所へ一緒に行けて楽しかったです。
様々な経験が出来て 幸 せな一 週 間でした。
心 より感謝しています。

こちらに来るときにはぜひご連絡ください。
またお会いできるのを楽しみにしています。

それでは、ご家族の皆様の 幸 せを心よりお祈りしています。

☞ 向寄宿家庭致謝－中譯

主旨：感謝

佐藤先生

我是Joy。

在寄宿期間受到您很多照顧，

在此表示感謝。

我第一次參加祭典，覺得很有趣，

能一起去很多地方，我感到很開心。

寄宿的一星期裡得到了許多的體驗。

衷心表示感謝。

如果您到我的國家時請務必聯絡，

期待能再相會。

祝福您闔家平安。

致謝（中元禮品）

ガーデン販売株式会社営業部佐藤（はんばいかぶしきがいしゃえいぎょうぶさとう）です。

いつもお世話（せわ）になっております。

暑（あつ）い日（ひ）が続（つづ）いておりますが、いかがお過（す）ごしでしょうか。

先（さき）ほど、安田（やすだ）様（さま）からのお中元（ちゅうげん）の品（しな）、

受（う）け取（と）りました。

いつも心（こころ）のこもった贈（おく）り物（もの）を頂戴（ちょうだい）し、

心（こころ）よりお礼（れい）申（もう）し上（あ）げます。

いただいたお品（しな）、会社中（かいしゃじゅう）で喜（よろこ）び、

とてもおいしくいただきました。

今後（こんご）とも一層（いっそう）のお引（ひ）き立（た）てのほど、

お願（ねが）い申（もう）し上（あ）げます。

メールにて恐縮（きょうしゅく）ですが、取（と）り急（いそ）ぎお礼（れい）まで。

☞ 致謝（中元禮品）－中譯

主旨：感謝問候

我是雅典購物公司營業部的佐藤。

承蒙您的照顧。

酷暑之日仍持續著，不知近來是否安好？

剛剛收到了安田先生您寄來的中元禮品，

一直以來總是收到您用心準備的禮物，

衷心的表達感謝之意。

敝社的同仁們都十分高興收到此份禮物，

品嚐起來十分的美味。

今後也懇請多多惠顧指教。

特此致謝。

出席活動之感謝

件名：ご来場(らいじょう)ありがとうございました

このたびは、３Ｄフェアにご来場(らいじょう)いただき、
誠(まこと)にありがとうございます。

ご来場者数十万人(らいじょうしゃすうじゅうまんにん)を越(こ)えた今回(こんかい)のフェアは、
まさに３Ｄ時代(じだい)の本格的(ほんかくてき)な幕開(まくあ)けと、
皆様(みなさま)の関心(かんしん)の高(たか)さとを実感(じっかん)するものになりました。
ますます進化(しんか)する技術(ぎじゅつ)を、
より的確(てきかく)に皆様(みなさま)にお届(とど)けできるよう
敝社(へいしゃ)は研究(けんきゅう)を続(つづ)けていく所存(しょぞん)です。

お答(こた)えいただいたアンケートに基(もと)づき、
最新情報(さいしんじょうほう)を配信(はいしん)いたしますので、
是非(ぜひ)ご活用(かつよう)ください。

今後(こんご)とも、よろしくお願(ねが)い申(もう)し上(あ)げます。
メールにて恐縮(きょうしゅく)ですが、まずは取(と)り急(いそ)ぎお礼(れい)まで。

出席活動之感謝－中譯

主旨：感謝來場

感謝您此次撥冗前來參加３Ｄ展，

特表謝忱。

此次的展覽的參觀人數超越了十萬人次，

讓敝社感受到了３Ｄ時代的來臨與各位對此項技術的高度關心。

我們也會致力於研究，

以期提供最新的技術訊息給各位。

依照你所填寫的問卷，

我們將寄發最新情報，也請您盡量利用此項功能。

今後也請多多指教。

特此致謝。

感謝來店

件名：本日ありがとうございました

ガーデン販売株式会社営業部佐藤です。

いつもお世話になっております。

本日はご来店、お買い上げをいただき

ありがとうございました。

お求めいただいたスーツはこの春の最新作で、

他店でも人気の品でした。

何より木村様にお似合いでしたので、

お気に召していただけ、

光栄に思っております。

万全を期しておりますが、

商品について不備がございましたら、

ご遠慮なくお申し付けください。

またのご来店お待ち申し上げております。

☞ 來店之感謝－中譯

主旨：感謝今日光臨本店

我是雅典購物公司營業部的佐藤。

承蒙您的照顧。

感謝您今日光臨本店，

並購買本店商品。

你所購買的西裝是春季的最新設計，

在其他分店也是熱賣商品。

款式十分適合您，

又能蒙您所喜好，

實感光榮。

雖然我們已期待服務能臻至完美，

但若對商品有任何疑問，

也請不吝指教。

期待您的再度光臨。

▶ 收到照片後致謝

件名：写真届きました

田中様

京都でお会いした佐藤ひろみです。
先日はお世話になりました。

田中さんがメールされた写真をいただきました。

どうもありがとうございます。

とてもきれいに撮れていますね。

早速ブログにアップしようと思います。

こちらに来られる時はご連絡ください。

また一緒に食事でもしましょう。

では、取り急ぎお礼まで。

☞ 收到照片後致謝－中譯

主旨：收到照片了

田中先生

我是在京都和您結識的佐藤廣美。

那時受您照顧了。

我已經收到田中先生寄來的照片。

很感謝您。

照片拍得很漂亮，

我想快點上傳到部落格上。

若您到附近來時請聯絡我，

我們一起吃個飯。

特此致謝。

接獲開店道賀後的回禮

件名：開業祝いへのお礼

ガーデン販売株式会社営業部佐藤です。
いつも何かとお心遣いいただき、
心からお礼申し上げます。

さて、過日、敝社のガーデン開業に際しましては、
早々と御祝詞をお寄せいただき、誠にありがとうございました。

お陰をもちまして、
予想を上回る好調なすべり出しでございます。
とは申しましても、成否が決するのはこれからのことです。

従業員一同、
気を引き締めてサービスに努めてまいりますので、
今後とも御指導と御支援のほどよろしくお願い申し上げます。

メールにて恐縮ですが、
取り急ぎお礼申し上げます。

接獲開店道賀後的回禮－中譯

主旨：開店祝賀的感謝函

我是雅典購物公司營業部的佐藤。

一直以來承蒙您的照顧，

在此致上謝忱。

日前在本公司開業之際即接獲貴公司之祝賀，

在此表示由衷的感謝之意。

托您的福，

本公司的之業務也能比預期有更好的表現。

雖然如此，

但此後才是成功的關鍵所在。

此後本公司員工也將致力於服務客戶，

也請貴公司多予以支持。

特致函感謝。

☞ 探病慰問後的回禮

件名：お見舞いへのお礼

永続株式会社管理部
木村ひろし 様

ガーデン販売株式会社営業部佐藤です。

いつもお世話になっております。

過日、入院中には、

ご多用中にもかかわりませず

お見舞いいただき、

ご厚情のほど御礼申し上げます。

おかげさまにて、

その後の経過も順調で、

リハビリの効果もありまして、

今月12日に退院しました。

本日から仕事に復帰しておりますので、

他事ながらご休心ください。

何はともあれ、
今後は一層健康に配慮いたし、
皆様のご期待に沿い得ますよう
努力いたす所存でございます。

今後とも相変わりませぬ
ご支援のほど
切にお願いいたします。

まずは、退院のご挨拶かたがた御礼申し上げます。

探病慰問後的回禮－中譯

主旨：感謝您前來探病

永續股份有限公司管理部

木村宏先生

我是雅典購物公司營業部的佐藤。

承蒙您的照顧。

前些日子在下住院中，

承蒙您在百忙之中抽空前來探視，

在此致上誠心的感謝。

托您的福，在您探望後，

因復原十分順利，

我已於本月12日出院，

並且於今日返回工作崗位，

請您寬心。

今後我將更注意健康，

不辜負各位之期望付出努力。

此後也懇請繼續惠予支持。

特此致上出院後之問候與謝意。

☞ 感謝介紹客戶

件名：島田株式会社様ご紹介のお礼

永続株式会社管理部
木村ひろし 様

ガーデン販売株式会社営業部佐藤です。
いつもお世話になっております。

さて、このたびは島田株式会社様をご紹介くださいまして、

まことにありがとうございました。

おかげをもちまして、
島田株式会社様からはさっそくご注文いただきました。

今後は末長くご愛顧いただけますよう、
努力して貴社のご厚情にお応えしたいと存じます。

まずは、とりあえずお礼かたがたご報告申し上げます。

感謝介紹客戶－中譯

主旨：感謝介紹島田股份有限公司

永續股份有限公司管理部

木村宏先生

我是雅典購物公司營業部的佐藤。

承蒙您的照顧。

此次感謝您幫我們介紹島田股份有限公司，

特此致謝。

託您的福，

立即獲得了島田公司的訂單。

敝公司今後也會努力符合貴公司之期望，

以回報貴公司之好意。

特此致謝。

■ 感謝招待

件名：ありがとうございました

永続株式会社管理部
木村ひろし 様

ガーデン販売株式会社営業部佐藤です。
いつもお世話になっております。

さて、このたびの貴社訪問に際しましては、
ご多忙中にもかかわらず貴重なお時間をおさきいただき、
まことにありがとうございました。

これをご縁に、
何かございましたらまた参上いたしたいと存じますので、
その節は、何とぞよろしくお願い申し上げます。

まずは、取り急ぎお礼申し上げます。

感謝招待－中譯

主旨：感謝招待

永續股份有限公司管理部

木村宏先生

我是雅典購物公司營業部的佐藤。

承蒙您的照顧。

此次訪問貴公司之際，

感謝您在百忙之中還撥空陪同，

特此致謝。

今後有可能還會前往叨擾，

到時仍請多多指教。

特此致謝。

☞ 送別會的謝函

件名：ありがとうございます

営業部の皆様

本日は私のために、皆さんお忙しい中、

送別会を開いてくださり、

誠にありがとうございました。

会に参加くださった方々はもとより、

ご都合でおいでいただけなかった方も含めて、

皆さんのお顔を思い浮かべ、

お一方お一方にお礼をしながら、

このメールを書いています。

さしたる力のない私が、

大過なく職務を遂行できましたのは、

全て皆さんのお力添えの賜り物と思っております。

したがって、お礼の会を催すべきは、本来私の方であります。

それにもかかわらず、

あのような盛大で心温まる会を開いてくださり、

本当（ほんとう）に申（もう）し訳（わけ）ございません。
皆（みな）さんのご芳情（ほうじょう）をひしひしと感（かん）じ、
心（こころ）から感謝（かんしゃ）しております。

ひとまず皆（みな）さんとはお別（わか）れとなりますが、
どうか今後共末永（こんごともすえなが）い、
ご交誼（こうぎ）を賜（たまわ）りますよう、お願（ねが）い申（もう）し上げます。

まずはメールにて、
お礼（れい）まで申（もう）し上（あ）げます。

☞ 送別會的謝函－中譯

主旨：誠心感謝

業務部的各位

今天大家在百忙之中，為了我召開送別會，

在此衷心表示感謝。

不止與會的各位，

包括因為各種原因不能參加的各位，

此刻我腦中正浮現大家的面容，

一邊在心中向各位道謝，

一邊寫這封mail。

能力不足的我，

能夠在不犯大錯的情況下，完成業務，

一切都是靠大家的傾力相助。

因此本應該是由我來舉辦感謝會謝謝大家。

但大家卻不計較，

而為我舉辦如此盛大溫馨的送別會，

我真的覺得很抱歉。

我感受到了大家的熱情，

打從心裡覺得感激。

雖然暫時要和大家分別，

但希望今後，也可以繼續和大家的友情。

謹以此mail道謝。

又快又不失禮，
一本在手萬事通！

以後對日文書信絕不再頭大！！

3分鐘立即搞定！

請求 要求
E-mail
範例集

要求寄送型錄

件名：「X113」のカタログ送付（そうふ）のお願い（ねが）

永続株式会社管理部（えいぞくかぶしきがいしゃかんりぶ）
木村ひろし 様（きむら）（さま）

ガーデン販売株式会社営業部佐藤です。（はんばいかぶしきがいしゃえいぎょうぶさとう）
お世話になっております。（せわ）

建築月刊の新製品コラムで、（けんちくげっかん）（しんせいひん）
貴社の新製品「X113」の記事を拝見しました。（きしゃ）（しんせいひん）（きじ）（はいけん）

ぜひ取扱商品に加えたいと言う（とりあつかいしょうひん）（くわ）（い）
意見がございますので、（いけん）
詳細を教えていただきたく存じます。（しょうさい）（おし）（ぞん）

つきましては、お忙しいところ恐れ入りますが、（いそが）（おそ）（い）
「X113」のカタログおよび価格表を各2部ずつ（かかくひょう）（かくぶ）
至急お送りくださいますよう（しきゅう）（おく）
お願い申し上げます。（ねが）（もう）（あ）

☞ 要求寄送型錄－中譯

件名：要求寄送「X113」型錄

永續股份有限公司管理部

木村宏先生

我是雅典購物公司營業部的佐藤。

承蒙您的照顧。

在建築月刊的新商品專欄中，

拜讀了關於貴公司的新商品「X113」之報導。

由於敝社內部有希望引進此商品之意見，

故欲了解商品之詳細資料。

因此，百忙之中還請幫忙，

將2份「X113」之型錄與價格表盡速送至敝社。

👉 要求寄送樣品

件名：「X113」のサンプル送付のお願い

永続株式会社管理部
木村ひろし 様

ガーデン販売株式会社営業部佐藤です。
いつもお世話になっております。

先日はカタログをご送付いただき、ありがとうございました。

さて、カタログにございます「X113」を拝見し、
当社では大変興味を持ちまして、
この商品の取扱を検討しておる次第です。

つきましては、
「X113」のサンプル10個を至急を送りいただきたく
お願い申し上げます。

よろしくお願いいたします。

要求寄送樣品－中譯

主旨：請寄送「X113」的樣品

永續股份有限公司管理部

木村宏先生

我是雅典購物公司營業部的佐藤。

承蒙您的照顧。

感謝您前些日子寄來的型錄。

對於型錄中的商品「X113」，

敝社十分有興趣，目前正在考慮引進該商品。

因此煩請盡速寄送「X113」之樣品１０份至敝社。

百忙之中敬請見諒，還請多多幫忙。

☞ 報價要求

件名：見積もりのお願い

永続株式会社管理部
木村ひろし様

ガーデン販売株式会社営業部佐藤です。

いつもお世話になっております。

本日打ち合わせさせていただいた

リニューアルに伴うオフィス家具の件でご連絡いたします。

ご提案いただいたA案とC案について

検討を進めたいと思いますので

早速お見積もり願います。

本件に関する検討会を6月12日に予定しておりますので、

前日6月11日までにお届けいただきますよう

お願いします。

まずは、取り急ぎお願いいたします。

📠 報價要求－中譯

主旨：請求報價

永續股份有限公司管理部

木村宏先生

我是雅典購物公司營業部的佐藤。

承蒙您的照顧。

關於今日討論重新裝潢所需之辦公家具購入一事想與您聯絡。

關於貴公司所提A案及B案，

我們想要做進一步的討論，煩請送來估價單。

本計畫預計於6月12日進行討論，

因此請於6月11日前將估價單送至。

特此通知。

邀請擔任講師

件名：社員研修会講師のお願い

永続株式会社管理部
木村ひろし 様

ガーデン販売株式会社営業部佐藤です。
日ごろ当社社員研修に関しまして、
ご懇切なご指導を賜り
厚く御礼申し上げます。
本日は、研修会の講師のお願いしたく、
ご連絡させていただきました。

さて、過日はカスタマーサービスに関するご講演を
お願い申し上げましたところ、
早速ご承引賜りありがたく
御礼申し上げます。

つきましては、
先生に下記テーマによりご講話を

賜りたいと存じます。

ご多用中誠に恐縮ですが、
ご都合のほどをお知らせいただけると幸いです。
何卒、よろしくお願い申し上げます。

記-------------------
日時：8月12日午後2時
場所：レンボーホール
対象者：ガーデン社員

テーマ：カスタマーサービス
謝礼：20万円

邀請擔任講師－中譯

主旨：邀請擔任講師

永續股份有限公司管理部

木村宏先生

我是雅典購物公司營業部的佐藤。

平日在員工研習上受到您熱心的指導，

在此致上謝意。

為了委託您擔任研修會之講師，

今日特此聯絡。

前陣子委託您進行關於客戶服務的演講時，

得到您快速的答覆同意，

在此致上謝忱。

此次希望老師能依下列題目進行講話。

在您百忙之中，

請回覆是否能配合。

懇請多多幫忙。

內容-----------

時間：8月12日下午2點

地點：彩虹館

對象：雅典員工

主題：顧客服務

講酬：20萬日圓

☞ 請求協助開發

件名：商品開発のご協力のご依頼

永続株式会社管理部
木村ひろし 様

ガーデン販売株式会社営業部佐藤です。
平素はひとかたならぬお引き立てを賜り、

ありがとうございます。

ご承知のとおり、
これまで弊社は御社との食品共同開発を
行ってまいりました。
このたび、更なる市場拡大のため、
レトルト食品分野への参入を検討しております。

つきましては、
御社におかれましても
レトルト食品分野への共同研究開発に、
お取り組いただきますよう

お願い申し上げます。

なお、開発の趣旨、行程表に関しましては
先日の会議にてお話いたしましたとおりです。
御社にもご協力のほど
お願い申し上げます。

メールにて恐縮ですが、
取り急ぎお知らせかたがたお願いまで。

請求協助開發－中譯

件名：共同開發商品之委託

永續股份有限公司管理部
木村宏先生

我是雅典購物公司營業部的佐藤。
平日受您多方照顧，
在此表示感謝。

如您所知，
貴公司和敝社正在進行食品共同開發之工程。
此次，為了擴大市場，
敝社正在討論進入真空包裝食品市場之可能性。

因此，
希望能借重貴公司在真空包裝食品的能力
共同進行研究開發。

關於開發宗旨、日程表等，

就如同日前在會議中所討論之結果。

請貴公司予以協助。

特此告知。

問卷填寫的請求

件名：「X113」アンケートのお願い

永続株式会社管理部
木村ひろし 様

ガーデン販売株式会社営業部佐藤です。

いつもご利用いただき、ありがとうございます。

弊社では、

このたびアンケートを実施させていただくことになりました。

サイト登録していただいたお客様にサンプルを配送し、

その品質、価格などについて伺います。

つきましては、下記URLのページから登録いただき、

ぜひともアンケートにご協力いただきたく、

お願い申し上げます。

http://www.雅典.coo.jp/

ご登録を心からお待ちいたしております。

☞ 問卷填寫的請求－中譯

主旨：「X113」之問卷填寫

永續股份有限公司管理部
木村宏先生

我是雅典購物公司營業部的佐藤。
承蒙您的愛用，特此致謝。

此次敝社將實施問卷調查，
登錄後的顧客我們將送上樣品，
並針對商品品質及價格等項詢問客戶意見。

因此，請至下列網頁登錄，
懇請務必協助此次之問卷調查。
http://www.雅典.coo.jp/

誠心等待您的登錄。

參觀工廠的請求

件名：工場見学のお願い

永続株式会社管理部
木村ひろし様

ガーデン販売株式会社営業部佐藤です。

いつもお世話になっております。

本日は、工場見学のお願いで、

ご連絡いたしました。

企業連携の一環として、

貴社の工場を見学させていただきたく、

お願い申し上げます。

下記の要領で企画しております。

ご了承いただけるようでしたら、

日程その他についてご指定いただければ幸いです。

ご多忙中のところ恐縮ですが、
何卒よろしくお願い申し上げます。

記--------------

希望日時：平成26年7月19日14時〜18時
希望場所：神奈川工場
人数：12名

參觀工廠的請求－中譯

主旨：前往工場參觀之請求

永續股份有限公司管理部

木村宏先生

我是雅典購物公司營業部的佐藤。

承蒙您的照顧。

今日因想請求至工廠參觀而致函。

為了因應企業合作之需要，

因此請求能讓我們參觀貴公司之工廠。

內容依下記之內容計劃。

懇請貴公司願意接受本公司指定之時間等條件。

百忙之中懇請幫忙。

內容---------------

希望日期：平成26年7月19日14時～18時

希望地點：神奈川工廠

人數：12名

又快又不失禮，
一本在手萬事通！

以後對日文書信絕不再頭大！！

答應接受 E-mail 範例集

🔈 同意降價

件名：値引きの承諾について

ガーデン販売株式会社営業部佐藤です。

いつもお世話になっております。

さて、3月13日付メール、拝読いたしました。納入製品の値引きのご要望につきましては、やむをえないものと了解いたしました。

ご来示のご事情お察し申し上げ、ほかならぬ貴社よりのお申出でございますので、お受けしたしだいでございます。

なお、弊社といたしましても今回の線がぎりぎりのところでございますので、何とぞお含みおきください。

まずは、取り急ぎ、値引きの要求のご返事まで。

📢 同意降價－中譯

主旨：同意降價

我是雅典購物公司營業部的佐藤。

承蒙您的照顧。

看過貴公司3月13日之電子郵件後，

關於貴公司所要求進貨商品降件一事，

已了解貴公司迫不得已之立場。

由於是貴公司所提出之要求，

敝公司特此接受。

此外，此次降價實已為本公司之價格底線，

請多包涵。

特此回覆。

☞ **同意延後進貨**

件名：納期遅延の承諾について

ガーデン販売株式会社営業部佐藤です。

いつもお世話になっております。

ご来示の「X113」100個の納期遅延の理由、

やむをえないことと了承いたします。

さっそく、

弊社納入先にも連絡いたし、ご了解を得ました。

ただし、

先様ではこれ以上の遅延は絶対認められないとのことです。

つきましては、

お申越しの更新納期4月13日を厳守されますよう、

くれぐれもお願いいたします。

まずは、取り急ぎご返事申し上げます。

☞ 同意延後進貨－中譯

主旨：接受進貨日期之延後

我是雅典購物公司營業部的佐藤。

承蒙您的照顧。

關於貴公司所表示，

「X113」進貨日期之延後，

敝公司已了解貴公司之難處。

本公司已向進貨點聯絡，並得到對方諒解。

但希望進貨日期不會有再次延誤。

懇請務必遵守新訂之4月3日進貨日期。

特此告知。

☞ 同意延後付款

件名：代金支払延期の承諾について

永続株式会社管理部
木村ひろし様

ガーデン販売株式会社営業部佐藤です。

いつもお世話になっております。

さて、4月15日付で納品いたしました「X113」30個の代金、

30万円のお支払延期のご依頼の件、

貴社のご要望どおり1か月後のお支払いを

承知いたします。

ただし、来月以降は必ずお約束どおりの期日にて

お支払いいただきたいと存じます。

まずは、取り急ぎご返事申し上げます。

同意延後付款－中譯

主旨：同意延後付款

永續股份有限公司管理部

木村宏先生

我是雅典購物公司營業部的佐藤。

承蒙您的照顧。

關於貴公司所提出，

4月5日到貨之「X113」30個之金額30萬日圓之支付，

要求延後支付一事，

敝公司同意如貴公司要求於1個月後再行付款。

但希望下個月後貴公司能依約將每筆該支付款項按時付清。

特此告知。

👉 接受演講邀約

件名：講演のご依頼について

ガーデン販売株式会社営業部佐藤です。

いつもお世話になっております。

先日は、講演のご依頼をいただき、

ありがとうございました。

謹んで、お受けすることにいたします。

ご希望のテーマは「サービス」ということでしたが、

具体的には「より便利なサービス」と言うことで

お話させていただいて

問題ございませんでしょうか。

その他のご希望やテーマの変更などございましたら、

ご連絡ください。

まずは、取り急ぎお返事申し上げます。

☞ 接受演講邀約－中譯

主旨：關於演講之邀約

我是雅典購物公司營業部的佐藤。

承蒙您的照顧。

感謝您日前所提之演講邀請，

在此慎重接受您的邀請。

關於您所要求的主題「服務」，

我想就「更方便的服務」為題進行說明，不知是否適宜。

若有其他的要求或希望變更主題，

請與我聯絡。

特此回覆。

又快又不失禮，
一本在手萬事通！

以後對日文書信絕不再頭大！！

婉拒
E-mail
範例集

☞ 拒絕邀請

件名：「起業家（きぎょうか）サミット」の件（けん）

永続株式会社管理部（えいぞくかぶしきがいしゃかんりぶ）
木村（きむら）ひろし様（さま）

ガーデン販売株式会社営業部佐藤（はんばいかぶしきがいしゃえいぎょうぶさとう）です。
いつもお世話（せわ）になっております。

先日（せんじつ）は、「起業家（きぎょうか）サミット」のご案内（あんない）のメールを頂戴（ちょうだい）し、

ありがとうございました。

これからはこの様（よう）な企業間（きぎょうかん）の交流（こうりゅう）が
自身（じしん）のキャリアアップにも欠（か）かせないものと、
非常（ひじょう）に興味深（きょうみぶか）く思（おも）っておりますが、
あいにく当日（とうじつ）は支社（ししゃ）への出張（しゅっちょう）が重（かさ）なり
出席（しゅっせき）することができません。

ご案内（あんない）いただいたにもかかわらず
誠（まこと）に恐縮（きょうしゅく）ですが、

何卒ご理解いただきますようお願い申し上げます。

勝手なお願いではございますが、
また後のような機会があれば
是非お誘いいただきたく、
よろしくお願い申し上げます。

☞ 拒絕邀請－中譯

主旨：關於「創業家高峰會」一事

永續股份有限公司管理部

木村宏先生

我是雅典購物公司營業部的佐藤。

承蒙您的照顧。

日前接獲您所寄來的「創業家高峰會」之介紹，十分感謝。

像這樣的企業間交流，

對我來說，是今後自我提升時不可欠缺的一環，

因此感到十分有興趣。

但不巧會議當天我必需前往分公司出差，

而無法出席。

難得能夠獲得您的邀請卻無法參加，

實在感到抱歉。

也盼您能諒解。

另外有個不情之請，

今後若還有類似這樣的機會，

請務必再讓我參加。

☛ 拒絕應徵者

件名：新卒者採用について

木村ひろし様

ガーデン販売株式会社人事部佐藤です。

先日は来年度の新卒者採用について、
お問い合わせいただき
誠にありがとうございます。

弊社は来年度に創立10週年を迎えるにあたり、
旧事業の見直しと新事業の取り組みとの
両面からの再編成を試みております。
よって来春の新卒者募集に関しては見合わせる方針です。

早々からお問い合わせをいただいたにもかかわらず、
申し訳ありませんが何卒ご了承ください。

木村様のご発展とご活躍を期待しております。

☞ 拒絕應徵者─中譯

主旨：關於新人招募

木村宏先生

我是雅典購物公司營業部的佐藤。

日前收到您詢問下年度畢業生採用，
先在此致謝。

敝公司明年將迎接創業10週年，
將同時進行舊事業檢討和新事業創立兩項計畫。
因此關於明年的畢業生招募，
目前是保持暫不舉行之決定。

收到你提早詢問卻無法提供滿意的答案，
實在感到抱歉。

祝木村先生您日後活躍於業界並有好的發展。

拒絕對方調價

件名：価格改定に関するご回答

永続株式会社管理部
木村ひろし様

ガーデン販売株式会社営業部佐藤です。

いつもお世話になっております。

先日のメール拝見いたしました。

価格変更に関しましては、

長年にわたりお引立てを 賜 っております貴社のご事情も拝察

し、

何とかご期待に沿えるよう検討と努力をいたしましたが、

自助努力では 吸 収できないの理由により、

貴社のご要望に沿いかねることになりました。

何とぞ事情ご賢察のうえ、

ご了 承 賜 りますようお願い申し上げます。

まずは、ご返事かたがたお願いいたします。

拒絕對方調價－中譯

主旨：關於價格變動之回答

永續股份有限公司管理部

木村宏先生

我是雅典購物公司營業部的佐藤。

承蒙您的照顧。

日前您所寄來之電子郵件我已拜讀。

關於價格變更一事，

由於是長期合作的貴公司所提出，

為了符合您的要求，

敝公司已盡力討論和努力，

但由於無法靠敝公司自身之努力吸收虧損，

因此無法接受貴公司之要求。

希望貴公司能考量敝公司之立場，

給予體諒。

靜待回音。

☞ 婉拒邀約

件名：残念ですが

田中さん

ミュージカルのお誘い、ありがとう。
「エリザベート」は面白そうで私も見たいんですけど、
あいにく今月中の土日はもう予定が入っています。

せっかく誘ってくれたのに
本当にごめなさい。
今度また一緒になにか見に行きたいです。

ミュージカル楽しんできたください。
見てきたら、感想をきかせてください。

それでは、また。

婉拒邀約－中譯

主旨：很抱歉

田中先生

謝謝你約我去看音樂劇。

「伊莉莎白」這部戲似乎很有趣我也很想看。

但很可惜這個月的週末我都有約了。

難得你開口約我，

不能赴約很可惜。

下次再去看別的吧。

祝你看得愉快。

看完後再告訴我感想。

保持聯絡。

婉拒參加活動

件名：留学生パーティーの件

田中さん

こんにちは、陳太郎です。

留学生パーティー、楽しそうですね。
私も参加したかったのですが、
4月12日はもう予定が入っています。
残念ですが、その日はパーティーに行けません。
同じ国の留学生に聞いてみることはできますので、
必要でしたら遠慮なくご連絡ください。

せっかく声をかけてくれたのに、すみません。
イベントが成功するといいですね。
では、取り急ぎ、お返事まで。

婉拒參加活動－中譯

主旨：關於留學生派對

田中先生

你好，我是陳太郎。

留學生派對好像很有趣，

我也很想參加。

但4月12日我已經有別的約會。

很可惜那天不能參加。

我可以幫你問問同國家來的留學生，

如果有需要的話請盡管與我聯絡。

難得你邀我，我卻不能參加很抱歉。

希望活動可以成功。

特此聯絡。

3分鐘立即搞定！

道歉
E-mail
範例集

延後出貨的道歉函（1）

件名：発送遅れのお詫び

佐藤様

こんにちは、鈴木です。

早々と振込みいただきありがとうございます。

10日には振り込み頂いたのを確認していたのですが、

身内に不幸があり、

事前に何の連絡もできないまま発送が遅れてしまいました。

まことに申し訳ありませんでした。

落札頂いた限定ポスターは明日15日発送いたします。

発送しましたら、再度連絡させていただきます。

ご迷惑をお掛けし申し訳ありませんが、

到着まで今しばらくお待ちください。

延後出貨的道歉函（1）－中譯

主旨：延後出貨的道歉函

佐藤先生

您好，我是鈴木。

感謝您快速地匯款。

我已經在10日確認您的匯款，但由於家人發生意外，

以致於無法提前聯絡您關於出貨延後的事情，

真的感到很抱歉。

您下標的限量海報將於明天15日寄出。

寄出後會再與您聯絡。

很抱歉造成您的困擾，

請您再稍加等待。

延遲出貨的道歉函（2）

件名：「X113」納期遅延（のうきちえん）のお詫（わ）び

永続株式会社管理部（えいぞくかぶしきがいしゃかんりぶ）
木村（きむら）ひろし 様（さま）

ガーデン販売株式会社営業部佐藤（はんばいかぶしきがいしゃえいぎょうぶさとう）です。

いつもご利用（りよう）いただき、ありがとうございます。

さて、去（さ）る4月（がつ）15日付（にちづ）けでご注文（ちゅうもん）いただきました「X113」の
納品期限（のうひんきげん）が
当初（とうしょ）の4月（がつ）30日（にち）から遅（おく）れ、
貴社（きしゃ）に多大（ただい）なご迷惑（めいわく）をおかけいたし、
誠（まこと）に申（もう）し訳（わけ）なく、衷心（ちゅうしん）よりお詫（わ）びをする次第（しだい）でございます。

遅延（ちえん）いたしましたのは、
事務手続（じむてつづ）きにミスがあるの理由（りゆう）によるもので、
そのためご納品（のうひん）が遅延（ちえん）いたした次第（しだい）でございます。

納期（のうき）より1日遅（にちおく）れましたが、

本日発送いたしました。
よろしくご検収のほど、
お願い申し上げます。

今後はこのような不手際のないように
十分注意いたします。
どうか、変わらぬお引き立てのほど、
よろしくお願い申し上げます。

いずれお伺いいたしまして
お詫び申し上げる所存でございますが、
取り敢えずお詫びかたがたご報告申し上げます。

延遲出貨的道歉函（2）－中譯

主旨：為「X113」延遲交貨致歉

永續股份有限公司管理部
木村宏先生

我是雅典購物公司營業部的佐藤。

感謝平日的愛顧，特此致謝。

關於貴公司於4月15日所訂購的商品「X113」，

出貨日期將比當初指定的4月30日延後，

造成貴公司的困擾，

實在感到抱歉。

造成延後出貨的原因是公司內部程序的失誤。

雖然較指定的日期晚了1天，

但是今日已經將貨品送出。

請貴公司查收。

今後敝公司將十分注意，

不再發生這樣的失誤。

還請貴公司能一如往常惠顧。

特此報告並致歉。

👉 出貨錯誤的道歉函

件名：品違いのお詫び

永続株式会社管理部
木村ひろし 様

ガーデン販売株式会社営業部佐藤です。

いつもお世話になっております。

さて、ご注文いただいた下記の商品につきまして、

お届けした商品に間違いがありましたことを、

心からお詫び申し上げます。

調べましたところ、

伝票の入力ミスで

貴社にご送付する商品を間違えたことが判明しました。

弁解のしようもなく、恐縮しております。

ご注文の商品は、

本日発送いたしました。

よろしくご検収のほど、

お願い申し上げます。

なお、
お手数ではございますが、
誤送の品は弊社宛に着払いにてご返送くださいますよう
お願い申し上げます。

今後はこのような不手際のないように
十分注意いたします。
どうか、変わらぬお引き立てのほど、
よろしくお願い申し上げます。

メールにて恐縮ですが、
取り急ぎお詫び申し上げます。

記─────
品名：「X113」
数量：10台

出貨錯誤的道歉函－中譯

主旨：關於出貨錯誤一事

永續股份有限公司管理部
木村宏先生

我是雅典購物公司營業部的佐藤。
承蒙您的照顧。

關於貴公司所訂購之下列商品，
但敝公司寄送錯誤一事，
在此致上歉意。

根據調查的結果，
是由於敝公司輸入錯誤所造成的出貨錯誤。
敝公司決不卸責，實感抱歉。

關於貴公司所訂購之商品，
已於今日送出，
煩請點收。

此外，

關於誤送的商品，

也煩請貴公司能以對方付款的方式寄回敝公司。

今後敝公司將努力避免此類事件再度發生，

請一如往常予以惠顧和支持。

特此致歉。

內容----

品名：「X113」

數量：10台

貨物不良品的道歉函

永続株式会社管理部
木村ひろし 様

ガーデン販売株式会社営業部佐藤です。
いつもお世話になっております。

このたびの、
ご注文いただいた商品の不良品送付の件、
大変申し訳なく心からお詫び申し上げます。

平素より、検品および発送時の荷造りには
最大限の注意を払っておりましたが、
このような不始末が生じましたことは、
弊社の管理体制にまだまだ不十分なところがあったためと、
深く反省しております。

代わりの商品は、

至急送付いたしました。
よろしくご検収のほど、
お願い申し上げます。

今後は生産管理体制および社員教育をさらに徹底し、
再発の防止に努める所存でございます。
何卒ご寛容いただき、
今後とも引き続きご厚情を賜りますよう、
よろしくお願い申し上げます。

メールにて恐縮ですが、
取り急ぎお詫び申し上げます。

貨物不良品的道歉函－中譯

主旨：為貨物不良致歉

永續股份有限公司管理部

木村宏先生

我是雅典購物公司營業部的佐藤。

承蒙您的照顧。

此次貴公司所訂購之商品中有不良品一事，

在此致上最深的歉意。

平日，敝公司在品管及出貨的貨品包裝上，

都極盡最大的努力。

產生如此重大的錯誤，

深感敝公司的管理系統仍有不足之處，

正深自反省。

替換的商品已經緊急送出，

煩請查收。

今後敝公司將在生產管理系統

及員工教育上再努力，

防止再發生錯誤。

請給予包容，

並請繼續予以惠顧。

特此致歉。

☞ 貨物缺貨的道歉函

件名：「X113」品切れ（しなぎ）のお詫（わ）び

本日（ほんじつ）の納品（のうひん）につきましては、

在庫確認（ざいこかくにん）をいただきましたにもかかわらず、

「X113」の欠品（けっぴん）がありましたことを深（ふか）くお詫（わ）び申（もう）し上（あ）げます。

欠品分（けっぴんぶん）につきましては、

明後日（あさって）（5月13日（がつにち））午前中必着（ごぜんちゅうひっちゃく）でお届（とど）けいたしますので、

よろしくお願（ねが）い申（もう）し上（あ）げます。

今後（こんご）は在庫管理（ざいこかんり）を徹底（てってい）し、

お客様（きゃくさま）への正確（せいかく）なインフォメーションを

遂行（すいこう）いたしてまいりますので、

何卒（なにとぞ）ご容赦（ようしゃ）くださいますよう

お願（ねが）い申（もう）し上（あ）げます。

メールにて恐縮（きょうしゅく）ですが、

取（と）り急（いそ）ぎお詫（わ）び申（もう）し上（あ）げます。

貨物缺貨的道歉函─中譯

主旨：「X113」缺貨之道歉

關於今日所出貨之商品，

雖然事前經過庫存確認，

但「X113」卻為無法一併出貨，

在此致上深深的歉意。

關於缺少的商品，

在後天（5月13日）上午必定會送達，

請多包涵。

今後將徹底執行庫存管理，

以提供給客戶更正確的訊息，

關於此次之錯誤，

懇請原諒。

特此致歉。

☞ 顧客來訪時不在的道歉函

件名：本日は失礼いたしました

本日は、遠方よりお運びいただいたにもかかわらず、
不在しておりまして大変失礼をいたしました。

木村様には、
お会いして直接お話を伺いたいと思っていたのですが、
こちらの不在でお目にかかれず、
誠に残念でなりません。

よろしければ、
来週の月曜日の11日に
御社にお伺いしたいと存じますが、
ご都合はいかがでしょうか。
お忙しい中恐縮ですが、
ご予定をお知らせ願えれば幸いです。

顧客來訪時不在的道歉函－中譯

主旨：今天真是抱歉

今日您不辭千里前來，

我卻不在公司，實在感到抱歉。

雖然想和木村先生當面洽談事宜，

但卻因為我不在而無法會面，

實在感到可惜。

若方便的話，

下週的星期一11日，

我想至貴公司打擾。

不曉得您是否有空。

百忙之中實在抱歉，

請告訴我您當天是否方便安排會面。

員工不禮貌的道歉函

件名：弊社社員の非礼についてのお詫び

永続株式会社管理部
木村ひろし様

ガーデン販売株式会社営業部佐藤です。
平素は格別のご用命を賜わり、
心からお礼申しあげます。

さて、当社社員木村は、貴社の営業課長中田氏に対し、
大変非礼であった由、承りました。
心からおわび申しあげます。
ひとえに上司である私の不行き届きとおわびの申しようもござ

いません。

すぐに参上しておわび申しあげる所存でございましたが、
中田氏がご出張中とのこと。
お帰りをお待ち申しあげて、
伺う所存でございます。

しかしながら、
陳謝の念はつのるばかりでございますので、
身勝手ながら、
メールをお送りする次第です。

今後はこのような不始末のないよう、
厳重に注意いたします。
これからも変わらぬご指導、ご鞭撻のほど、
よろしくお願いいたします。

メールにて恐縮ですが、
取り急ぎお詫び申し上げます。

員工不禮貌的道歉函－中譯

主旨：為本公司員工不禮貌的行為致歉

永續股份有限公司管理部
木村宏先生

我是雅典購物公司營業部的佐藤。
感謝貴公司平日的照顧，
在此致謝。

本公司員工木村對貴公司營業課長中田先生做出不禮貌的行為，
在此致上由衷的歉意。
身為上司，沒有盡到監督之責，
深感自責。

理應立即前往道歉，
但因為中田先生目前出差中，
無法立即造訪，
想等待中田先生回來後，
再前往致歉。

但心中無論如何都想先表達歉意，

於是便擅自先行寄送電子郵件致歉。

今後會嚴重警告員工不再發生此類事件，

也請繼續給我們指導和鞭策。

特此致歉。

又快又不失禮，
一本在手萬事通！

以後對日文書信絕不再頭大！！

催促 E-mail 範例集

☛ 請款

件名：代金の支払いについて

永続株式会社管理部
木村ひろし 様

ガーデン販売株式会社営業部佐藤です。
いつもお世話になっております。

さて、
5月12日に送付申し上げました商品の代金56万5千円を、
今日郵送した請求書のとおり請求いたします。

つきましては、
6月30日までにお支払いくださいますよう
お願い申し上げます。

まずは、取り急ぎお願いまで。

請款－中譯

主旨：關於付款

永續股份有限公司管理部
木村宏先生

我是雅典購物公司營業部的佐藤。
承蒙您的照顧。

本公司今日寄出請款單，
內容為5月12日交貨之商品款項56萬5千日圓。

因此，請在6月30日前將款項付清。

特此通知。

☞ 催促交貨

田中様

「限定ポスター」を落札した123456こと佐藤です。

6月15日に上記商品の落札代金として、
2万円をご指定口座に振込みにて入金いたしましたが、
6月12日現在、まだ商品は届いていません。
発送の案内も頂いておりません。

至急口座を確認のうえ、
発送いただくようお願いします。
口座確認結果と発送予定日時もメールでご連絡ください。

☞ 催促交貨－中譯

主旨：「限量海報」出貨

田中先生

我是「限量海報」的得標者123456佐藤。

我已經在6月15日，將這項商品的金額2萬日圓，

用匯款的方式匯到您指定的帳戶。

但到今天6月12日都未收到商品。

也沒有收到您的出貨通知。

請您盡快確認帳戶，

進行商品出貨。

請用mail告知我確認的結果和出貨的預定時間。

☞ 催促付款

件名：代金お支払いについて

ガーデン販売株式会社営業部佐藤です。

いつもお世話になっております。

さて、8月度ご請求分につきまして、

本日にいたってもご送金いただいておりません。

御社にも何かとご都合がございましょうが、

弊社といたしましても事務処理のうえで支障を生じます。

ご確認のうえ、お支払いくださいますよう

お願い申し上げます。

なお、このメールと行き違いにご送金いただいておりました節に

は、

悪しからずご容赦願います。

まずは、取り急ぎお願いまで。

☞ 催促付款－中譯

主旨：關於貨款支付

我是雅典購物公司營業部的佐藤。

承蒙您的照顧。

關於8月份之請款，

至本日尚本收到款項。

不知貴公司是否有所不便，

但對敝公司而言已產生了作業上的困擾。

請在確認之後，進行付款。

若此電子郵件寄送時，

貴公司已付款的話，

敬請見諒。

特此告知。

又快又不失禮，
一本在手萬事通！

以後對日文書信絕不再頭大！！

3分鐘立即搞定！

祝賀 E-mail 範例集

新公司創立之祝賀

永続株式会社管理部
木村ひろし 様

ガーデン販売株式会社営業部佐藤です。

さて、このたびは新会社を設立されました由、
心からお祝い申し上げます。

貴社のご開業は、
まことに時宜を得たものであり、
必ずや業界に新風を吹き込むものと存じます。

今後ますますのご発展と飛躍を
ご期待申し上げます。

まずは、取り急ぎお祝いのごあいさつを申し上げます。

新公司創立之祝賀－中譯

主旨：新公司成立之祝賀

永續股份有限公司管理部

木村宏先生

我是雅典購物公司營業部的佐藤。

此次成立新公司，致上祝福之意。

貴公司的開業，

佔天時地利之便，

想必會為業界注入一股新風氣。

期待貴公司今後的發展及活躍。

特此祝福。

◗ 大學畢業之祝賀

件名：卒業おめでとう

拓哉くん

大学卒業おめでとう。
春からは、社会人にですから、
学生時代のような甘えは許されませんが、
先輩の指導や助言を真摯に受け止めて
精進すれば直ぐに立派な社会人になれると思います。
拓哉くんの新生活にご多幸がありますよう
心よりお祈りします。

拓哉くんが、晴れて大学を卒業できたのも
ご両親のご苦労の賜物ですから、
これからは、親孝行もしてあげてくださいね。

まずは、取り急ぎ大学卒業のお祝いまで。

大學畢業之祝賀－中譯

主旨：恭喜畢業

拓哉

恭喜你大學畢業。

春天開始你就是社會人士了，

不能像學生時代那麼為所欲為，

只要你肯虛心接受前輩們的指導和建言，努力精進，

相信一定可以立刻成為一位成功的社會人士。

我也衷心祝福你的新生活能一切順利。

你能夠順利從大學畢業，

都要感謝父母的辛苦，

之後也要記得盡孝道。

謹以此信致上祝福之意。

👉 升職之祝賀

ガーデン販売株式会社営業部佐藤です。

いつもお世話になっております。

さて、承りますれば、

貴台にはこのたび総店長にご栄転なさいました由、

まことにおめでたく心からお祝い申し上げます。

これもひとえに、

貴台のご手腕とご実績に多大なる期待が寄せられてのことと

拝察いたします。

何とぞ、さらにいっそうご自愛くださいまして、

ご活躍のほどをお祈り申し上げます

メールにて恐縮ですが、

取り急ぎご祝詞申し上げます。

☞ 升職之祝賀－中譯

主旨：就任總店長之祝賀

我是雅典購物公司營業部的佐藤。

承蒙您的照顧。

聽説您此次榮升總店長一職，

特此致上祝福之意。

這可説是由於大家對您的能力和功績有莫大的期待，

而眾望所歸的職位。

請更保重您的身體，

並期待您今後的活躍。

特此祝賀。

就任之祝賀

件名：ご就任のお祝い

永続株式会社管理部
木村ひろし 様

ガーデン販売株式会社営業部佐藤です。

いつもお世話になっております。

さて、このたびは管理部部長のご就任、

まことにおめでたく心からお祝い申し上げます。

貴殿のご識見とご手腕は、

必ずや貴社のご発展の大きな力となることと存じます。

今後とも

一層のご活躍をなさいますよう、

お祈り申し上げます。

メールにて恐縮ですが、

取り急ぎご祝詞申し上げます。

☞ 就任之祝賀－中譯

主旨：就職祝賀

永續股份有限公司管理部

木村宏先生

我是雅典購物公司營業部的佐藤。

承蒙您的照顧。

此次您就任管理部部長一職，

特此致上祝賀之意。

以您的見識和能力，

必定可以成為貴公司發展的一大助力。

祝福您今後能夠更進一層的活躍。

特此祝賀

創社紀念之祝賀

件名：創立記念（そうりつきねん）のお祝（いわ）い

ガーデン販売株式会社営業部佐藤です。
（はんばいかぶしきがいしゃえいぎょうぶさとう）

いつもお世話（せわ）になっております。

さて、このたびは貴社創立（きしゃそうりつ）19周年（しゅうねん）を迎（むか）えられ、

まことにおめでとうございます。

今日（きょう）ここに19周年（しゅうねん）をお迎（むか）えになりますのも、

貴社（きしゃ）の皆々様（みなみなさま）の日頃（ひごろ）のご努力（どりょく）とご研究（けんきゅう）の熱心（ねっしん）さの成果（せいか）と

拝察（はいさつ）申（もう）し上（あ）げます。

これからも、

この19年の経験（ねんけいけん）を生（い）かし、

ますますのご発展（はってん）と躍進（やくしん）を

ご期待（きたい）申（もう）し上（あ）げます。

メールにて恐縮（きょうしゅく）ですが、

取（と）り急（いそ）ぎお祝（いわ）い申（もう）し上（あ）げます。

創社紀念之祝賀－中譯

主旨：創立記念之祝賀

我是雅典購物公司營業部的佐藤。

承蒙您的照顧。

此次欣逢貴公司創立19週年，

特此致上祝賀之意。

能夠迎向19週年，

都是貴公司每位員工平日熱心的努力和研究才有的成果。

今後，

期待貴公司利用這19年的經驗，

能有更寬廣的發展和躍進。

特此祝賀

新辦公室落成之祝賀

件名：新社屋落成のお祝い

ガーデン販売株式会社営業部佐藤です。

いつもお世話になっております。

さて、このたびは新社屋を落成されました由、

心からお祝い申し上げます。

これも社長様はじめ社員ご一同様の並々ならぬ

ご精励の賜物と拝察いたします。

新社屋でのご営業開始を機として、

今後ますますご活躍なさいますよう、

心からお祈り申し上げます。

メールにて恐縮ですが、

取り急ぎお祝い申し上げます。

新辦公室落成之祝賀－中譯

主旨：新辦公大樓落成之祝賀

我是雅典購物公司營業部的佐藤。

承蒙您的照顧。

此次貴公司新大樓落成，

特地致上祝賀之意。

這都是社長您及社員超越一般人的努力所得來的成果。

衷心希望藉由在新大樓營運為契機，

今後貴公司能有更蓬勃的發展。

特此祝賀。

☞ 對方得獎之祝賀

件名：受賞のお祝い

ガーデン販売株式会社営業部佐藤です。

いつもお世話になっております。

さて、このたびはデザイン大賞において

金賞を受賞されたとのこと、

おめでとうございます。

多年にわたる皆様の研究に対する熱意とご努力が

実を結んだものと感服するばかりです。

これを機会に、

より一層活躍されることを

ご期待申し上げます。

メールにて恐縮ですが、

取り急ぎお祝い申し上げます。

對方得獎之祝賀－中譯

主旨：得獎之祝賀

我是雅典購物公司營業部的佐藤。

承蒙您的照顧。

此次貴公司能在設計大獎中，

得到金獎的榮耀，

特此致上祝賀之意。

各位多年來對研究的熱情與努力，

終於得到了成果，

我對此實在感到佩服。

期待藉此機會，

貴公司能更進一步活躍於業界。

特此祝賀。

☞ 結婚祝賀

件名：結婚おめでとう

田中さん
結婚おめでとうございます。

美しい花嫁姿に、
ご両親様のお喜びもひとしおだったでしょうね。

これからは、
佐藤さんと力を合わせて明るく楽しい家庭を築かれてください。

お若い二人のことですから、
これを機会に益々お仕事に励まれることでしょうが、
健康にはいつも気を配ってください。
そして、早く新しい家族が授かりますようお祈り申し上げます。

略儀ながら、メールをもって結婚のお祝い申し上げます。

結婚祝賀－中譯

主旨：恭喜結婚

田中小姐

恭喜您結婚了。

看到您穿上白紗的樣子，

相信您的父母一定感到十分開心。

從今以後，

請和佐藤先生一起建立一個開朗和樂的家庭。

你們夫妻都還年輕，

相信一定會更加衝刺事業，

也請您要注意健康。

也希望能早生貴子。

特此獻上祝福。

又快又不失禮，
一本在手萬事通！

以後對日文書信絕不再頭大！！

3分鐘立即搞定！

抗議
E-mail
範例集

抗議進貨數量不足

件名：着荷商品について

ガーデン販売株式会社営業部佐藤です。

いつもお世話になっております。

3月9日に注文いたしました「X113」、

本日着荷いたしました。

早速商品を確認いたしましたところ、

数不足であることが判明いたしました。

至急ご確認のうえ、

不足分のご送付をお願いいたします。

今日中にご連絡くださいますよう、

よろしくお願い申し上げます。

☞ 抗議進貨數量不足－中譯

主旨：關於到貨商品

我是雅典購物公司營業部的佐藤。

承蒙您的照顧。

敝公司於3月9日訂購之商品「X113」，

已於今日到貨。

經確認貨品後，

發覺數量不足。

請盡速確認，

並將不足之數量補足。

請在今日內與敝公司聯絡，

謝謝。

抗議進貨品項錯誤

件名：着荷商品について

ガーデン販売株式会社営業部佐藤です。

いつもお世話になっております。

9月9日の注文品、

本日着荷いたしました。

早速商品を確認いたしましたが、

注文品と異なる商品であることが

判明しました。

注文した商品は「X113」ですが、

届いた商品は「X103」でした。

至急ご確認のうえ、

注文どおりの商品の送付を

お願いいたします。

今日中にご連絡くださいますよう、

よろしくお願い申し上げます。

抗議進貨品項錯誤－中譯

主旨：關於到貨商品

我是雅典購物公司營業部的佐藤。

承蒙您的照顧。

敝公司於9月9日訂購之商品，

已於本日到達。

但經卻認商品內容後，

發覺和敝公司所訂購之商品型號不同。

本公司訂購之商品為「X113」

但到貨之商品為「X103」。

請盡速確認後，

將正確的商品送達。

請在今日內與我們聯絡，

謝謝。

☞ 抗議收到不良品

ガーデン販売株式会社営業部佐藤です。

いつもお世話になっております。

9月12日に注文いたしました「X113」、

本日着荷いたしました。

早速商品を確認いたしましたところ、

商品の一部に破損が見られることが

判明いたしました。

破損が見られるのは、

商品のうちの6個です。

つきましては、

至急新品の送付をお願いいたします。

今日中にご連絡くださいますよう、

よろしくお願い申し上げます。

抗議收到不良品－中譯

主旨：關於到貨之商品

我是雅典購物公司營業部的佐藤。

承蒙您的照顧。

關於敝公司於9月12日訂購之商品「X113」，

已於本日到達。

確認商品內容後，

發覺部分商品有明顯破損。

有破損的是商品中的6個。

請盡速送來更換的新品。

請於今日與我們聯繫，

謝謝。

又快又不失禮，
一本在手萬事通！

以後對日文書信絕不再頭大！！

3分鐘立即搞定！

邀請招待
E-mail
範例集

☞ 邀請參加新公司開幕酒會

件名：新会社設立披露宴への招待状

永続株式会社管理部
木村ひろし様

ガーデン販売株式会社営業部佐藤です。
貴社ますますご盛栄のこととお喜び申し上げます。
平素は格別のご愛顧を賜り厚く御礼申し上げます。

さて、私どもでは、かねてより皆様のご援助のもとに、
新会社の設立準備を進めてまいりましたが、

おかげさまでこのたび
無事発足の運びとなりました。

今後は、皆様には、よりご満足いただけるよう
サービスを強化いたす所存でございます。

つきましては、以下のとおり記念祝賀会を催したく存じます
ので、ご多忙中まことに恐縮ですが、

何とぞご来臨賜りますようお願い申し上げます。

まずは、取り急ぎご案内申し上げます。

記————

日時：2011年3月2日午後7時〜午後9時

場所：市民会館

邀請參加新公司開幕酒會－中譯

主旨：新公司紀念酒會之招待

永續股份有限公司管理部

木村宏先生

我是雅典購物公司營業部的佐藤。

特此祝慶賀貴公司事業興隆。

並感謝平日對本公司之愛護。

敝公司員工，

在過去各位的幫助下，

順利的準備新公司的設立事宜，

託各位的福，

目前新公司已經開始運作。

今後會提供讓各位更滿足的服務。

因此，想要依下列所記舉辦紀念酒會，

請您務必在百忙之中撥冗前來參加。

特此邀請。

內容-----
時間：2011年3月2日下午7點~9點
地點：市民會館

📢 邀請參加商品發表會

件名：新製品発表会のご案内

永続株式会社管理部
木村ひろし 様

ガーデン販売株式会社営業部佐藤です。
貴社ますますご盛栄のこととお喜び申し上げます。
平素は格別のお引立てを賜り、
厚くお礼申し上げます。

さて、このたび弊社では新製品「X113」を開発、
販売いたすことになりました。

この「X113」は従来の機種にはない
優れた性能を備えた画期的製品で、
自信をもってお客様におすすめできるものです。

つきましては、一般発表に先立ち、
お得意様方に是非ともご高覧いただきたく、

下記のとおり発表会を開催いたすこととなりました。

ご多忙中のところ恐縮ですが、
是非ご来場くださいますようご案内申し上げます。

記—————
日時：2011年6月15日午後2時より
場所：レンボーホール第1ショールーム
東京都新宿区一丁目3番6号
JR山手線新宿下車徒歩すぐ

邀請參加商品發表會－中譯

主旨：新商品發表會

永續股份有限公司管理部

木村宏先生

我是雅典購物公司營業部的佐藤。

特此祝慶賀貴公司事業興隆。

並感謝平日對本公司之愛護。

此次敝公司將發表新商品「X113」。

「X113」是較目前的機種更具備優秀性能的劃時代商品，

為敝公司的自信之作。

因此，在一般發表之前，

希望先讓有業務往來之客戶先行認識。

故如下列所示，

將舉辦發表會。

請務必在百忙之中撥冗前來參加。

內容--------

時間：2011年6月15日下午2時起

地所：彩虹會館第1展示室

東京都新宿區一丁目之36號

JR山手線新宿站下車即到

國家圖書館出版品預行編目資料

日語E-mail照抄大全集／雅典日研所編著. -- 初版.
-- 新北市：雅典文化，民102. 05
面；　公分. --（日語學習；02）
ISBN 978-986-6282-81-2（平裝附光碟片）
1. 日語 2. 電子郵件 3. 應用文
803. 179　　　　　　　　　　102006443

日語學習系列 02

日語E-mail照抄大全集

編著／雅典日研所
責編／許惠萍
美術編輯／林子凌
封面設計／劉逸芹

法律顧問：方圓法律事務所／涂成樞律師

總經銷：永續圖書有限公司
永續圖書線上購物網
www.foreverbooks.com.tw

CVS代理／美璟文化有限公司
TEL：（02）2723-9968
FAX：（02）2723-9668

出版日／2013年05月

雅典文化

出版社

22103　新北市汐止區大同路三段194號9樓之1
TEL　（02）8647-3663
FAX　（02）8647-3660

日語E-mail照抄大全集

雅致風靡　典藏文化

親愛的顧客您好，感謝您購買這本書。即日起，填寫讀者回函卡寄回至本公司，我們每月將抽出一百名回函讀者，寄出精美禮物並享有生日當月購書優惠！想知道更多更即時的消息，歡迎加入"永續圖書粉絲團"您也可以選擇傳真、掃描或用本公司準備的免郵回函寄回，謝謝。

傳真電話：（02）8647-3660　　　　電子信箱：yungjiuh@ms45.hinet.net

姓名：		性別：　□男　□女
出生日期：　　年　　月　　日		電話：
學歷：		職業：
E-mail：		
地址：□□□		
從何處購買此書：		購買金額：　　　　元
購買本書動機：□封面　□書名　□排版　□內容　□作者　□偶然衝動		
你對本書的意見： 內容：□滿意□尚可□待改進　　編輯：□滿意□尚可□待改進 封面：□滿意□尚可□待改進　　定價：□滿意□尚可□待改進		
其他建議：		

總經銷：永續圖書有限公司

永續圖書線上購物網
www.foreverbooks.com.tw

您可以使用以下方式將回函寄回。

您的回覆，是我們進步的最大動力，謝謝。

① 使用本公司準備的免郵回函寄回。

② 傳真電話：（02）8647-3660

③ 掃描圖檔寄到電子信箱：

  yungjiuh@ms45.hinet.net

- -

沿此線對折後寄回，謝謝。

廣 告 回 信
基隆郵局登記證
基隆廣字第056號

2 2 1 0 3

 雅典文化事業有限公司　收
新北市汐止區大同路三段194號9樓之1

雅致風靡　典藏文化

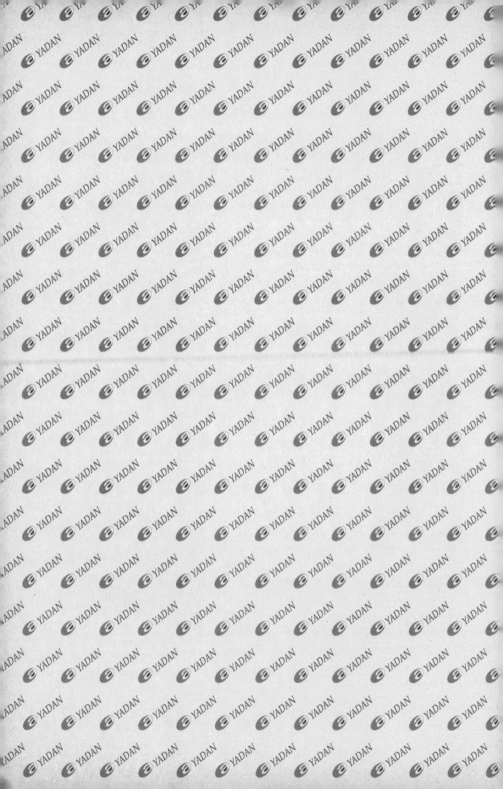